KB132948

모란,
동백

동백

모란, 동백

이제하 그림 산문집

🏠이야기가있는집

작가의 말

사람들끼리 만나는 장소가 어디인지를 나는 잘 모른다. 지상의 오직 한 사람에게 제 마음을 전달하기 위해 만나야 한다는 사람도 있고 이웃을 이해하고 가슴을 열기 위해 찾아다닌다는 사람도 있다. 공원이든 광장이든 혹은 외롭게 홀로 읊조리는 독백의 장소든 어쨌든 타인과 한 치라도 가까워지기 위해 그럴 것이다.

여기 모은 글과 그림들은 2011년부터 2014년 사이 사이버 공간 '페이스북'에 포스팅한 것들에서 고른 것인데, 물론 그 갈망의 소산들일 것이다.

2014년 11월

이제하

차
례

2장 나의 청춘 마리안느

3장 그림의 행방

4장 누가 소설을 못 쓰게 하는가

[1장]

노랑 재킷의 소녀

봐라, 달이 따라온다!

추석이다.

이웃집 할머니가 땅콩 한 바가지, 감자 한가득 자루를 갖다 앵기신다. 손수 가꾸신 햇땅콩, 햇감자! 이러니 흉내만으로라도 한가위를 안 쇨 수 있는가.

흙에서 나온 그 열매들을 싣고 무조건 산을 빠져나와 달린다. 갈 곳이 없다. 그래도 달린다.

봐라! 달이 뒤를 쫓는다.*

* 마루야마 겐지의 장편소설 제목.

헌 옷

담배 구멍 나지 않은 옷이 없다. 내가 새 옷을 싫어하는 것은 그 때문일지도 모른다.

펑크 난 구멍은 초등학생 팬시용 꽃무늬 스티커로 때우든가 직접 바늘과 실로 꿰맨다. 부자가 천국에 드는 것은 낙타가 바늘구멍 들어가기보다 더 어렵다고 했것다. 그러니 헌 옷이 오죽 마음 평화로운가.

헌 옷은 빨래하는 쾌락과 빨래 마르는 눈부신 아름다움을 덤으로 얹어 준다.

헌 옷, 헌 신발을 꿰고 헌 여자와 데이트를 할 때 비로소 내 속으로 쏟아져 들어오는 신록의 저 생명력!

느리게 느리게, 마이 카

———————

16년이나 몰고 다닌 빨간색 종북 프라이드를 골동품삼아 두고 보려고 시골로 끌고 간다. 한번 창을 내리면 영 올라가지를 않아 애를 먹어 왔는데 가는 도중에 방향등마저 아주 나가 버렸다. 내비도 접속이 되지를 않아 폰 내비를 켜봤지만 중부고속도로로 들어서는가 했더니 이천 도자기촌으로 데려간다. 세상에! 게다가 목적지까지는 8시간 반이나 걸린댄다.

몇 번씩 유턴을 한 끝에 어찌어찌 늘 가던 길을 찾았으나 문막 부근에서 앞뒤가 꽉 막혀 버렸다. 구겨질 대로 구겨져 버린 세상에 어딜 가겠다고 모두들 저렇게 쏟아져 나온 것인지. 신통하게도 폰만이 그래도 거짓말을 안 했던 것이다. 하늘에선지 어디선지 막힌 꼴을 내려다보고 멀지만 한가한 국도로 돌아가라고 귀띔했던 것이 아닌가.

세상 돌아가는 꼴이나 산다는 일의 이치가 이와 하나도 다르지 않다.

단양

남원주에서 충북으로 넘어오는 치악산 뒤쪽은 평소에도 안개 지역이라 깨닫고 있었는데 줄기찬 가랑비 때문인지 오늘은 월악 산간을 한참 지나서까지 운무가 주위 산마다 진을 치면서 따라온다.

기막힌 안개다! 수묵화보다 더 유현하네, 뭐라고 해봤자 표현의 핀트가 어긋나는 느낌이어서, 입을 다물었다. 그보다는 보수 꼴통스러운 안개 바다, 진보 좌빨적 안개 자락…… 뭐라고 버럭 욕이라도 내뱉는 쪽이 차라리 눈앞의 이 유사 도원경을 설명하는 데는 더 도움이 될 것도 같다. 60여 년을 이어져 온 이 나라 정치판의 저 여일한 좌우 당쟁, 이 혼탁하고 치사하고 막막한 안개가 함께 떠오르는 것이다.

구닥다리 산수화를 억지로 보아야만 하는 이런 강박증으로 시시각각 진행하고 진화하는 이 세계의 실상을 그 디테일 하나라도 어떻게 파악할 수가 있다는 것인가.

비오는 저녁, 물먹으는 고양이서

옥탑방 친구에게 꽃을

옷이고 책이고 먹거리고 생기는 족족
남에게 나눠 주는 친구에게
꽃이라도 한 송이 선물하러 갔더니
길냥이 돌보러 나갔는가 집은 텅 비고
머잖아 꽃묶음을 들고 계단을 올라오는
친구의 발자국 소리가 들리네.

비탈길

비탈길 내려올 때 까닭 없이 서글퍼진다.

배부른 모임에 다녀오는 날.

두 필의 말

— 살아나는 말[言語]들

장대 같은 비를 뚫고 북한강 절벽 길을 도심을 향해 달릴 때면 잊었던 말들이 되살아난다.

열무, 쑥갓, 무, 미나리, 갓이란 말들. 형용사로는 '푸르다'라는 말이 겨우 떠오를 뿐인데 소싯적에 알고 있던 같은 말과는 내용이 많이 다르다. 허무, 공허, 열망, 혹은 영원이니 하는 관념과 색채로 함께 떠오르던 말이 지금은 그저 무덤덤하고 흐릿한 푸른색 하나로만 눈앞에 펼쳐지는 것이다. 아차 잘못 미끄러지면 절벽 아래로 곤두박인다는 죽음의 공포 때문일지도 모른다.

거기에 비하면 열무와 쑥갓 같은 것들의 푸르름은 얼마나 구체적이고 싱싱하고 살아 있는 말들인가. 무사히 작업실로 돌아가면 무국부터 끓여야겠다.

딸을 위한 그림

글쟁이 신세여서 제대로 돌보지도 못할 걸 지레 예감해서 그랬었는
가, 세상 무서워 말라고 어릴 때부터 아이 곁에 집안 동물들을 가까
이 두고 보게 하려고는 했었던 것 같다. 강아지는 물론이고 문조, 카
나리아, 잉꼬에다 손바닥만 한 뜰에 칠면조까지도 길러 봤고 모이를
흩어 놓고 열심히 쪼는 비둘기를 슬그머니 잡아 아이에게 여러 번 만
져 보게도 했었던 것 같다. 그 덕인지 딸은 아이를 낳아 키우면서도
요즘 고양이도 함께 데리고 살고 있다.

천상의 아구*찜

좋아하는 음식이 뭐냐는 물음에 '미나리 나물'이라고 대답했다가 주위의 웃음을 산 일이 있다.

그때까지 먹어 봤던 수십 가지 요리와 수백 가지 먹거리를 제치고 왜 이런 뚱딴지같은 대답이 튀어나왔던 것일까. '주렸을 때 먹는 음식이 제일 맛있다'는 진실 말고는. 하지만 이 흔하디흔한 나물이 머릿속 미각의 인지 신경을 온통 지배하던 때의 그런 사정이나 배경이 도통 생각이 나지 않는다. 아마도 어느 인상적인 음식 자리에서 미나리의 그 독특한 향취가 유독 절박하게 혀에 감기면서 오랜 여운으로 기억에 남아 있는 탓일지 모른다. 실은 향취나 주위 환경 때문이 아니라 마음의 문제였을 것이다.

내 생전 가장 기막힌 생선 맛을 본 것은 고교 3학년 때였다. 항도(港都) 마산에서 6·25전쟁을 맞으면서 중·고교를 다니던 때였으니까

* 한글 표기법은 '아귀'가 맞으나 작가의 사투리 어감을 살려 '아구'로 쓴다.

50년도 더 전의 일이다. 초여름이었는데 오동동이란 데를 지나다가 화가 한 분을 만났다. 파리장 같은 곱슬머리와 자그마한 키에 노상 파이프를 입에 문 차림으로 평생을 그림과 싸고 맛있는 음식을 추구했던 분이다. 그가 진정한 의미의 식도락가라는 것은 뒤에 안 사실이고 까까머리 시절의 그때는 향리의 몇 안 되는 이른바 기인(奇人)쯤으로나 알고 있었는데, 물론 경외의 대상이었다.

'나하고 점심 먹을래?' 뭐 그런 소리에 이끌려 골목의 어느 밥집엘 쭈빗쭈빗 따라 들어갔더니 마당의 우물가에 상이 차려져 있었다. 석쇠불이 곁에 보이는가 싶었는데 그분이 우물가로 다가가 도르래 줄로 뭘 길어 올렸다. 깊고 차디찬 우물 바닥에 쟁여져 있다가 대소쿠리에 담겨 올라온 그 두어 마리 고기가 무슨 종류였는지는 확실치가 않다. 청어 아니면 준치였을지도 모른다. 생선은 양념 없이 소금으로 구워야만 제격의 맛이 나지만 이날 깨달은 그 구이의 맛깔은 지금까지도 혀끝에 남아 있을 정도다.

오동동은 아구찜의 원조가 되었던 골목이다. 커다란 입이 거의 전부인 이 아구라는 고기는 기괴하게 생겼다고 처음엔 먹지도 않던 어종인데 오동동 찜 맛이 전국으로 퍼져 나가면서 일약 유명

해지자 비싼 생선이 되었다. 꾸덕꾸덕하게 말린 아구에 그 정도로 말린 콩나물이나 숙주를 듬뿍 덮고 태양초 양념으로 버무려 쪄내는데 곁 반찬은 달랑 동치미 한 사발이다. 정신이 얼얼할 정도로 매운 그 질깃질깃한 맛에 땀을 들이면서 동치미 국물로 번갈아 입가심을 하다 보면 웬만한 피로는 씻은 듯이 증발하고 만다. 서울에서 40여 년을 살면서 이 맛을 잊지 못해 신사동 아구찜 골목이고 어디고 '원조'란 데를 숱하게 찾아다녔으나 제대로 된 그 맛을 만나지 못했다. 우선 여기서는 냄새 때문에 생선을 말리지 않고 생으로 쪄내기 때문에 그런 차질이 생긴다고 알았으나 반드시 그 때문만은 아니었을 것이다. 설사 적당한 햇볕에 말릴 수가 있다고 하더라도 해풍을 쐬일 도리가 없는 것이다. 동태 맛과 황태 맛의 차이를 생각하면 이 차질은 원인이 자명해진다.

'남의 집 된장이 더 맛있다'는 만고의 진리도 이 경우에는 통하지가 않는다. 외식이 즐겁다는 것도 따지자면 이 '남의 집' 뉘앙스가 태반이나 맛을 돋우어서겠지만 먹지 못하던 생선을 맛으로 정착시키고 잊지 못하게까지 만든 '오동동 할머니집'의 그 장본인이 누군지, 이것은 발견의 문제다. '천상의 맛깔'이란 것이 있다면 이런 탐색 끝에 나온 맛의 창조를 두고 이르는 말이리라.

그리고 먹거리에는 반드시 심리적인 문제가 따라붙는다. '친구한테 얻어먹는 밥은 꿀맛, 부자한테 얻어먹는 청요리는 밥맛'이란 소리 같은 것도 거기서 연유했을지 모른다. 아무리 난다 긴다 하는 특급 레스토랑엘 들어가 앉아 있어도 함께 먹어야 하는 상대가 아닌 척 거드름을 피우고 호기를 부리며 인품이 그처럼 엉망이라면 입맛은 고사하고 마음부터 편할 리가 없다. 편치 않은 마음으로 먹는 음식은 체하지 않은 거나 다행으로 여길밖에.

어느 호텔 식당에서 일견 그렇게 맛깔스럽게 먹었던 새우구이에 체해 한 주일을 내리 시달렸던 일을 생각하면 끔찍하다. 그 후로는 새우요리 같은 것에 일절 입을 대지 않고 있어도 어쩌다 앞에 놓이는 접시에 그런 것이 보이면 심리적인 안개가 쉬 거두어지지가 않는다. 사람 가리지 말라는 잠언이 늘 염두에 눌어붙어 있어도 음식 앞에서 제풀에 발동되는 그런 미각 신경이나 그 촉수만은 또 어쩔 수가 없는 모양이다. 좋아하는 사람, 마음 편한 사람과 함께 누리는 즐거움이 어찌 먹거리에만 국한되랴.

효자동 그 어디쯤에 왔다 싶은 올갱이 해장국집 하나를 발견하고 요즘 사뭇 들떠 있다. 대로변 귀퉁이에 숨다시피 한 집인데 광우병, 조류독감 어쩌고 하는 을씨년스러운 세태 탓에 눈에 띄었는지 모르지만, 서울에서는 '다슬기', 경상도에서는 '강고동'으로도 불리는 이 기묘한 먹거리에는 특별한 추억이 있다. 일제 때 외지로 떠돌던 부친이 결핵과 관절염 말기로 시신이 다 되어 들것에 실려 돌아왔을 때 누이들이 강에 나가 채취해 온 이것을 먹고 두어 달 만에 거뜬히 일어선 적이 있는 것이다.

올갱이는 무침으로도 국으로도 향취가 일품인데 이 집의 해장국은 여느 집과는 달리 장난 아니게 얼큰하기까지 하다. 마음의 상처를 채 다스리지 못해 노상 창백한 얼굴을 숙이고 있는 친구가 이 해장국 한 그릇으로 땀과 혈색이라도 보이면서 눈가에 웃음까지 어린다면 게서 더 바랄 즐거움이 세상에 또 있겠는가.

비애

____

주방에서 차 끓이는 딸을 아직 한 번도 보지 못했다는 사실이
내게는 가장 쓰라린 기억 중의 하나.

가자미와 소녀

참가자미는 가을부터나 잡힌다지만
이 가자미는 소녀를 예쁘다 쳐다보고
소녀는 가자미더러 너의 외로움을 내가 안다고 이른다.
이 둘은 아직 잡아먹히고 먹는 그런 관계가 아니다.
남북관계도 그렇게 좀 풀어라, 이 어리석은 정상배들아.

노랑 재킷의 소녀

넉넉히 삶아 된장과 마늘과 들기름에 무쳐 먹는 열무 나물은 얼마나 신선한가. 갓 앉혀서 뽑아낸 뜨끈한 두부를 땡초 썰어 넣고 쪽파 쏭쏭 띄운 몽고간장에 찍어 먹는 맛은 또 얼마나 상큼한가.

바깥세상만 더럽다. 아이들을 300명씩이나 물에 잠그고 애꿎은 졸병을 까닭 없이 척살해도 누구 하나 불안해하지 않는다.

'세수 않고 병들었던 날의 네 눈썹 빛깔……'

스승의 그런 시구마따나 완전한 흙탕물 빛깔로 지금 바깥세상은 악이 뒤덮고 있는 것이다. 시침 떼고 미소를 짓고 있는 그대는 아름답고 무구하지만 그대나 나 역시 그 악의 축에 속한다.

목련나무 아래로

행복은 목련나무 아래로 그림을 나르는 것. 커다란 목련나무와 호두 나무 한 그루를 보고 월악 산속으로 숨어들었으나 정작 작업실로 정 하고 보니 '만족한가?'라는 당연한 물음이 떠오를 수밖에 없다.

1987년 〈한국일보〉에 1년간 연재했던 〈광화사(뒤에 '열망'으로 개제)〉 에는 빚쟁이에 몰린 화랑 주인을 대신해 주인공 지요가 커다란 그림 한 점을 들고 빚쟁이들이 기다리는 어떤 요릿집의 복도를 걷는 장면 이 있다. 물론 소설에서는 그걸로 빚이 탕감될 리도 없고 발작적으로 성폭행까지 저지른 화랑 주인이 결국은 자살하고 말지만.

빚쟁이들이 아니라 강원도 인근에 사는 정말로 좋아하는 친구 하나 가 그림 값은 불문할 테니 가장 아끼는 그림 한 점을 갖다 달라는 전 화를 받는 공상을 나는 한다. 좋아하는 제자 하나를 꼬셔서 그림을 들리고 신나게 친구 집 복도를 밟을 때 '이번에야말로 행복한가?'라 는 몽롱한 질문이 다시 떠오르리라.

영춘교 아래서 피안을 엿보다

올갱이를 잡으러 영춘강으로 갔다가 만 하루 동안 피안(彼岸) 구경을 하고 돌아왔다. 영춘강은 영월 쪽의 김삿갓 무덤 아래로 흐르는 충주호 지류다. 올갱이가 많다는 정보를 듣고 가슴께까지 장화 일습이 붙은 낚시복으로 무장을 하고 간 것이 화근이었다. 저녁녘이 되자 돌멩이들 위로 기어 나오는 잔챙이들이 성에 차지 않아 좀 더 굵은 놈으로 굵은 놈으로 하다가 물에 빠졌다. 한강을 헤엄쳐 건너던 왕년의 실력도 있어 팔다리를 허우적거렸으나 천근만근의 몸이 점점 더 수렁으로 끌려들면서 연거푸 물을 먹고 정신이 가물가물해졌다. 같이 갔던 베아트리체가 아니었으면 영영 어둠 속에서 돌아오지 못했을 것이다. 그녀는 내 쪽으로 몸을 던지고 물속에 돋아난 작은 나무토막 하나에 다리를 감은 채 함께 물을 먹으면서 사람 살리라고 시간여를 외쳤다고 한다. 어쩌다 근처를 지나가던 퇴직 소방대원 하나가 그 소리를 듣고 119에 신고했다.

병원에서 깨어난 것은 다음 날 새벽녘이다. 체온 34.2, 34.1. 조금만 더 물에 잠겨 있었으면 심장마비가 왔을 거라고 했다. 가망 없던 기적이 일어났다는 것이다. 도떼기시장 같은 아우성 소리가 사방에서 콩 튀듯 귀를 때리기 시작했지만 그게 정신이 꺼져 갈 때였는지 깨어날 때였는지 알 수가 없다.

잠깐 구경한 저세상이 어떻더냐고?

아무것도 없었다. 희푸른 합지(合紙)의 평면만이 눈앞에 펼쳐져 있었을 뿐 천국도 지옥도 거기엔 없었다. 뭉크가 즐겨 그렸던 나락에는 그나마 어딘가로 흘러간다는 리듬이라도 있다. 여기서는 그저 밋밋한 한 장의 합지 평면뿐.

다른 이들은 또 다른 풍경을 보기도 하리라. 세월호에 갇혀 죽은 304명은 어떤 피안을 목도했던 것일까. 그 상념이 떠오르면 구사일생으로 살아난 것을 누구에게 감사해야 할지 갈피를 잡을 수가 없다. 갑자기 어둠 속으로 끌려들 때는 그 무슨 이름도 얼굴도 떠오르지 않았다. 이건 행인가 불행인가. 나는 누굴 사랑한 적이 한 번도 없었다는 소리가 아닌가. 어떤 이는 저승사자들이 바다로 난 명부길을 안내한다고도 하고 어떤 이는 소용돌이치는 빛의 터널을 통과한다고도 한다. 다난했던 일생이 주마간산처럼 한꺼번에 눈앞을 쓸고 간다는 사

람도 있다.

'텅 빈 바다 한복판의 그 공허한 하나의 소실점(消失點)으로 눈치도 보지 않고 가차 없이 사라지는 선(線)들……'이라고 죽음을 묘사해 본 적도 있고, '죽음은 나그네처럼 제가 태어난 고향으로는 돌아가지 않는다'고 쓴 적도 있다. 그런데 다 아니었다. 내가 누군지 내 손과 발바닥이 어떻게 생겼는지조차도 알 수가 없었다. 눈앞에 들이닥친 그 완전한 제로 상태. 그런 소실점을 향해 무작정 뛰어들어 사람 살리라고 외치던 한 여자의 목소리만이 여운처럼 뒤에 남아 있었다.

어찌어찌 살아난 기쁨도 잠시, 해결해야 할 일이 또 남아 있었다.

물귀신한테 끌려 들어가면서도 손목에 감아쥐고 놓지 못했던 비닐 봉투, 내 탐욕의 전리품. 제정신이 돌아오자 그 올갱이들이 생각났던 것이다. 넌더리가 나 팽개친 채 사흘이나 잊고 있었는데 물을 조금 뿌리자 이것들이 되살아나 뜰박 가장이로 기어오르는 것이다. 너만 살았냐 나도 살아 있다고 하는 것이다. 이 나라의 시장 경쟁 정책대로라면 서둘러 물을 끓이고 한꺼번에 이것들을 삶아 지져 먹든지 바늘로 내장을 뽑아 먹든지 해야 직성이 풀릴 텐데 왜 망설여졌던 것일까. 물에서 나를 건져 냈던 그녀도 같은 고민을 사흘쯤 했었다고

한다. 약육강식이든 먹이사슬이든 그래야만 속이라도 뚫리고 생태 리듬도 제대로 돌아가고 마음도 후련해졌을지도 모른다. 약한 놈은 뒈지고 강한 놈은 살아남는다. 추악한 정치 체제란 것도 그렇게 유지된다.

결국 나는 상선암 쪽으로 내려가 영화감독 신상옥과 배우 최은희가 이 나라에서 처음으로 만든 펜션이라는 도락산장 계곡에다 올갱이들을 방생했다. 내년에 씨알이라도 굵어져서 좀 더 퍼지면 한꺼번에 잡아 삶아 먹으리라. 아놔.

빨래

모자가 어울리는 여성을 본 적이 없다. 동양인의 발레나 뮤지컬이나 오페라는 눈을 감고 보거나 듣는 쪽이 차라리 마음 편하다는 소리도 있지만, 모자도 일종 그런 차질 때문이리라. 세계의 지금을 안방에서 마음대로 볼 수 있게 된 이래, 별 여과 없이 우리가 받아들였던 서양 형식의 것들이 속속 들통 나고 있다. 이런 소리를 듣는 당사자들은 벌써 눈이 곤두서 있을지도 모르고, 또 이런 형식들은 대체로 밖으로는 내색하기 거북한 예의 감각 밑에 대부분 아직 숨겨져 있긴 하지만, 그렇다고 언제까지나 얼버무려질 일도 아니다. 정말로 형식과 내용이 맞아떨어지는 아름다움에는 동정도 여지도 없는 것이다. 상대를 상심시키지 않으려 예쁘다, 잘한다 적당히 보아주는 그런 겉치레 인사도 끝내는 민망하게 될 수밖에 없다.

모자 같은 것도 우리 체형에 맞는 것에 일찍 생각이 미쳤더라면 갓 쓰고 자전거 타는 꼴의 그런 부조화감은 면했을지 모른다. 일제 때의 풍물 사진이고 지금의 그런 모습이고 중절모를 쓴 남자의 꼴이란 것은 더구나 가관스럽다. 설사 마피아 흉내로 손에 권총 같은 것을 쥐어 본다 한들 갱으로 분한 험프리 보거트의 그런 자연스러운 모습에 비하면 그야말로 엽전의 정체만 두드러져 버린다. 험프리 보거트가 잘난 것이 아니라, 서양 중절모와 우리 골격의 그것이 어울리지를 않는 것이다.

번역극의 무대를 볼 때도 기분은 마찬가지다. 난쟁이 햄릿, 납작코 로미오를 억지로 연상하지 않는 한 한쪽 가슴이 텅 빈 듯한, 충족감에는 절대 이르지 못할 것 같은 일말의 불안과 체념 섞인 허망감은 떨어져 주지를 않는다. 그런데 어쩌랴. 무대 위에서는 배우가 땀을 비 오듯 흘리며 일생일대의 명연을 펼치고 있다. 코미디라면 차라리 웃기라도 하지, 끝내 아귀가 물리지 않는 형식과 내용의 이런 괴리란 처참하다.

저자 사진이 컬러로 찍혀 있는 책장을 넘길 때도 그런 처참한 기분이 스쳐 간다. 표지는 몇 가지 채색으로 적당히 화려하고, 저자는 보다 겸손하게 선명한 흑백으로 안표지나 뒤표지에 작은 자리를 차지하는 것이 여태까지의 정석적인 레이아웃이었다. 이것은 굳어 버린 고정관념 같은 것이 아니라 일종의 미덕이고 그 원형이었다. 원형은 함부로 갈아치우고 부술 수 있는 그런 것이 아니다. 이런 정형 역시 개화기 이래 외부에서 들어온 것이긴 하지만, 그것이 우리의 고유한 미적 감각과 상충하지 않았기 때문에 별 거부감 없이 받아들여지고 정착됐을 것이다. 그런데 설익은 산업 사회가 들이닥치고 광고 효과가 극대화되자 저자는 겸손만 할 것이 아니라 내장까지 까발려 보여야 장사가 된다고 생각한 것일까. 대문짝만하게 울긋불긋 찍혀 있는 저자의 사진을 보노라면 술집 여자가 따로 없다.

잠시 나들이라도 할 때면 번번이 깨닫는 일이지만, 고속도로변으로 이어지는 그 재건국민주택 유형 시멘트 건물들의 붉고 푸른 지붕들은 어쩌다 스쳐 가는 납작한 잿빛 슬레이트 지붕보다 전혀 아름답지가 않다. 깨닫는다는 정도가 아니라, 보기 싫다는 감정이 쌓이면 혐오로 바뀌고 그것이 드디어 탄식과 욕지기까지 자아낸다. 우리는 대체 뭘 하고 있단 말인가. 한옥 서까래와 문설주의 그 소슬한 공간 감각이나 청자 백자 반닫이를 예사로 만들고 빚어내던 민족이 이렇게도 퇴행하고 영락할 수가 있다는 것일까. 천혜의 관광자원인 동해안이 그저 그런 풍광의 삼류 해안 신세를 못 면하고 있는 것도 그 탓일지 모른다. 어쩌다 그 부근을 지날 때면 청렬한 바람과 갈맷빛으로

탁 트인 바다에 도통 어울리지 않는 그 원색 페인트칠의 지붕이 번번이 훼방을 놓아 아예 눈을 감아 버리고 싶다.

스케치를 나간 화가들이 왜 모두 하나같이 산 아니면 기껏 판자촌 풍경 같은 거나 화포에 담으려 하는지 알 만도 하다. 남산에서 내려다보는 기라성 같은 빌딩군은 해방촌 달동네의 바라크집들보다 전혀 아름답지가 않다. 해방촌에는 굴곡과 색채와 곡선이 아직도 남아 있지만 빌딩 숲에 있는 건 정떨어지는 직선과 그 흑백 음영뿐이다. 먹의 농담을 생명으로 아는 동양 화가들이 아이러니하게도 그 흑백투성이 건물 풍경 같은 것만은 거의 터부시하는 것도 그 때문일지 모른다. 어쩌다 그런 빌딩들을 화포에 옮기는 화가가 더러 눈에 띈다고 해도, 거개가 태작밖에 나올 것이 없다는 걸 지레 자인하고 스스로 폐기 처분하는 눈치 같기도 하다. 모필의 현대성이란 현대적인 풍물을 옮기고 자시고 하는 일이 아니란 것을 깨달았기 때문일 것이다.

서양 문물과 그 형식에 거의 한 세기 이상을 정신없이 쫓겨 온 이래, 현실로 진행되는 그 당위적인 실용성과 본능 속에 도사린 본질적인 미감 사이의 이런 골은, 대책이 안 설 정도로 멀어지고 깊어진 것 같다.

그러나 또 어쩌랴. 고속도로변의 그 수퉁맞은 집에는 친구가 살고, 해안통에 사는 내 사촌은 오늘도 어장으로 품팔이를 나간다. 왜 그런 볼썽사나운 집에서 사느냐고 어떻게 그들을 탓하랴. "정말로 보기 싫다"라든가, 혹은 "눈요기가 대수냐 사는 일이 먼저다"라는 상반하는 이런 비근한 일들은 무수히 많고, 그런 상충과 혼란은 또 끝없이 되풀이된다. 도리 없는 생존과 거기 아귀가 물리지 않는 그 모양새의 모순. 우리가 보통 아름다움이란 걸 말할 때, 일쑤 은유와 상징이 그 사이에 끼어들 수밖에 없는 것도 그 때문일지 모른다.

그대 이마 위에서

타오르던 별

얼음되어 녹고

그대 허리를 돌며 밤새

노래하던 바람

재되어 스러지고

(제발 내게도 그리움을 주세요)

희디흰 바다

그 절대절명의 벽 앞에

양껏 두 팔 벌리고

아직도

나부끼는

저기 저

빨래

빨래의 아름다움을 말해야 할 때가 왔다. 언제부터 빨래가 내 속으로
들어왔는지 알 수가 없다. 씹어도 좋을 만큼 맑게 헹구어져서, 소슬
한 가을 저녁답 살랑 바람에 마르고 있는 빨래를 본 적이 있는가. 물
론 있을 것이다. 의식을 스쳐 가는 찰나적인 이런 인상은 그러나 의
식 깊숙이에는 좀처럼 침잠하지 않는다. 다리를 절면서, 그보다도 더

찢긴 마음의 상처를 안고, 바다를 배경으로 기울어진 어느 볼품없는 소도시 어귀에서 당신이 설사 그런 풍정을 보았다고 하더라도, 당장 졸아드는 배와 피가 배는 손등의 상처에 비하면 그게 대체 무엇이겠는가. 그 도시에는 당신을 기다려 줄 누가 있는 것도 아니고, 게다가 세상은 언제나 법보다 주먹이 앞서 있다.

'잊어버려라 그래 우리는 다음 산골로 가자'고 미당(未堂)은 노래했지만, 언제부터 빨래가 내 속으로 들어왔는지 알 수가 없다. 만 가지 고뇌와 허기에 쪼들릴 대로 쪼들리고 나서야 작심하고 하루 날을 잡아 헌 옷가지 무더기를 한꺼번에 물에 담그던 자취 학생 시절에는, 그저 시원하고 개운하다는 자각이나 지배적이었을 뿐, 그것이 심상치 않은 하나의 표상처럼 떠올랐을 리도 없다.

깨끗이 헹구어져 하얗게 바래는 빨래가 내게는 아름다움의 원형이고 그 시초다. 대상이 아름답다, 그렇지 않다는 판별이 쉽사리 내려지지 않을 때, 나는 지체 않고 그것을 빨래 곁으로 데려간다. 혹은 줄에 널려 살랑이는 빨래를 그 곁에다 배치한다. 여기서 아름답다는 것은 눈에 띄는 그런 것만이 아니라, 옳고 그른 것까지도 포함하는 것은 물론이다. 그러면 그 진위가 금방 판가름이 난다.

모딜리아니와 수틴이 어떻게 다른가도 그들 그림 옆에 빨래를 배치하면 금방 가려지고, 클림트와 베이컨도 그들 회화가 말하려는 바나 그 경중과 이면이 그것으로 판가름이 난다.

에릭 피슬의 〈몽유병자〉를 시험삼아 빨래 앞에 가져가 본 적이 있다. 커다란 대야물 속에서 벌거벗은 소년 하나가 마스터베이션 삼매에 빠져 있는 그림인데, 이 미국 현대 화가의 그 진정성과 선정성을 가려 보고 싶었던 것이다. 이런 판가름은 논리로 해명되거나 말로 설명되어질 그런 게 아니다.

빨래는 바다를 배경으로 놓아도 청렬하고, 어느 지저분한 도시의 일각에 끌어다 놓아도 그 이미지가 손상되지 않는다. 뚱딴지같은 구닥다리 물건, 가령 망가진 TV나 뉴스를 떠들어 대는 아나운서의 입을 그 곁에 데려다 놓아도 그것을 밀어내지 않고, 피 흘리며 쓰러진 학생을 그 곁으로 이끌고 와도 그런 고통을 더욱 선명하게 정화시킨다. 빨래는 빨래끼리 격돌하지 않고, 그 무더기는 무더기끼리 동족상잔을 일으키지도 않는다. 비가 오면 빨래는 젖어들고 풀 죽지만 그 부드러워지는 모습은 그지없이 아름답고, 언제 그랬느냐는 듯 조만간 불사조처럼 다시 살아나며 마른다. 풀은 마르고 꽃은 떨어져도 빨래

의 그 빛은 소멸하지 않는다. 계절이 바뀔 무렵이면 그 깨끗한 바탕 위에 귀뚜라미의 울음소리를 옮겨 받아 더욱 환상적인 몽타주를 만들 뿐이다.

빨래의 그런 이미지가 언제부터 뇌리에 자리 잡기 시작했는지는 확실치가 않다. 나는 절대적인 것에 처음 마음을 여는 다른 이들처럼 태양이나, 가령 어머니 같은 존재로 그 아름답다는 것의 척도를 삼아 보려 했다. 그런데 굳이 따지자면 "어머니는 너무 위대하고 태양은 너무 뜨거워서"라고 할밖에 없다. 위대함도 뜨거움도 아름다움을 이루는 근간이기는 하지만 그것이 아니고도 별개의 아름다움이 존재할 수 있다는 것을 깨닫는 데에는 오랜 시간이 걸렸다. 일테면 피도 눈물도 없는 아름다움이란 것도 있고, 그 때문에 기꺼이 죽는 목숨도 세상에는 있다. 피와 가슴으로도 가늠할 수 없는 아름다움. 순간으로 영혼을 싸잡아 버리는 아름다움. 찰나의 질주. 무(無)에의 믿음.

빨래 같은 어쭙잖은 물건이 왜 그런 아름다움까지도 가늠하는 척도가 되었는지를 곰곰이 생각해 본다. 이 이미지에는 내가 살아온 어쭙잖은 세월 동안의 기쁨과 그 상처와 또 그만한 부끄럼과 죄의식과 콤플렉스 같은 것들이 죄 입력돼 있다. 그러니까 이런 이미지는 순전히 임의적이고 우발적인 선택에 지나지 않는다. 다른 이가 가령 빨래 대신 호박이나 생선을 그 자리에 놓는다 한들 누가 그것을 탓할 수 있으랴.

[2장]

나의 청춘 마리안느

나무 그늘

후텁지근한 날
트럼펫으로 헨델의 '라르고'를 듣고 싶은 날
더 쓸 것 없다, 살아 있었다,
라고 누구 흉내처럼 쓰고 보니
저 나무 그늘에서 울고 있는
나의 누이들이여

〈나무 그늘 3〉, 캔버스에 유채, F6

아현동

아현동 고가도로가 헐린다. 버스를 타면 열린 차창 틈새로 지팡이를 쑤시며 "돈 내! 돈 내!" 하는 할아버지가 있었다. 초여름 졸음에 겨웠던 승객들은 불의에 어깨와 허리를 찔리고 화들짝 놀라 그 호방한 막가파식 구걸에 도리 없이 웃었다. 그렇게 벌어 애들 대학까지 보낸다고 했다.

서촌 터줏대감 15년, 그 이력 중에 '돈'이란 단어가 이처럼 유쾌하게 와 닿은 적이 없다.

고가도로가 생기기도 전의 일이다.

고독의 세 얼굴

자정의 고독이든 새벽 두 시, 혹은 네 시의 고독이든 외롭다는 면에서는 똑같다. 그리고 그 얼굴은 초딩 때 좋아하던 아이의 모습처럼 한결같이 여리고 심각하다.

벙거지의 노래

30여 년 동안이나 벙거지를 쓰고 다니지만 왜 그러는지 나도 정확히는 까닭을 모른다. 동양인의 머리에는 영화에서 험프리 보거트가 쓴 갱스터 중절모가 절대로 어울리지 않는다, 갈대밭 도요새 둥지처럼 마구 엉기고 무성하던 머리가 나이 들수록 싸리비처럼 성글어 간다, 천생 아웃사이더요 아나키스트를 자처하고 있으니 그나마 이런 꼴이 제격이야, 라고 어렴풋이 짚이는 까닭들은 물론 있다.

삼청동 살 때는 그 때문에 번번이 방위병의 검문에 걸렸다. 간첩으로 보였을지도 모른다. 전두환 때라 한 마장쯤을 걷다 보면 바로 엊그제 잡아 놓고 물어 대던 똑같은 놈이 또 꼬치꼬치 묻는다. 예비군 빼먹고 시청 앞에서 걸려 남대문서에서 하룻밤을 지새고 닭장차에 실려 새벽 영등포서로 즉결에 넘어갔던 적도 있다. 벙거지가 아니었으면 절대 걸리지 않았을 것이다.

토스트 한 쪽과 커피 한 잔으로 한동안 아침을 때우던 때가 있었는데 시내에서 빵이 제일 맛있는 데는 삼선교의 N제과점과 P호텔의 지하

베이커리. 명동에서 상감청자가 무색하게 도도한 시인, 작가들과 담소를 나누고 소공동 지하상가를 걸어 호텔 빵집 복도로 들어서는데 보타이 매고 턱시도 비슷한 양복 빼입은 기도가 뒤를 따라오면서 부른다. 무뢰한 아니면 거지로 보였을 것이다. 한 번이면 참겠는데 몇 번을 당하자 하루는 품에서 권총 빼드는 시늉으로 손가락을 겨누고 돌아서면서 "엎드려!" 소리쳤더니 얼굴이 하얘 지랄댄스를 추면서 주저앉더라.

그 어쭙잖았던 해프닝이 이번 선거철에도 제풀에 떠오른다.

금연

술을 조금씩 새로 마시기 시작했으니 담배 정도는 끊어야 하는데 가망이 보이지를 않는다.

"이 맛있는 것을 못 피게 하다니······."

금연 선고를 받자 그런 한탄을 남기고 작고한 시인 K선생이 생각난다. 모든 사물은 이름을 부여받을 때 비로소 하나의 의미가 된다는 아름다운 시를 남겼던 분이다. 도대체 무엇이 어떤 호명을 받고 이 시인에게 와서 담배라는 그 애틋한 의미의 반려자가 되었던 것일까. 〈담배의 해독〉이란 소설마저 써봤지만 속수무책이다. 꽃다발을 들고 생판 모르는 남의 빈소만 찾아다니면서 명복을 빌어 주고 밖에 나와서는 박박 담배를 피워 대던 소설 속의 그 여인도 기진맥진했는지 벌써 죽었다. 금연 껌을 반년쯤 우물거려도 보았으나 껌 개수가 기하급수적으로 불어나면서 결국은 턱에 신경통이 걸렸다.

"말이 당근을 우적대며 걸어오는 것 같아."

어느 여성 작가 한 분이 그런 흉을 보길래 닭살 돋는 여자······ 싫어

껌 씹기를 그만뒀을 것이다. 의지 박약이고 뭐고 담배는 90프로가 손
의 습관 때문이라고 한다. 손가락 하나만이라도 자유롭지 못하면 인
간은 견디지를 못한다. 그렇다고 하루아침에 집단 광기에 사로잡혀

눈에 불 켜고 금연을 외치는 인간들의 손이 더 우아한 짓을 저지르는 것 같지도 않다.

시오 리를 걸어 담배를 사러 내려간다. 맑은 바람을 쐬며 걷노라니 시류를 따라 폐허가 된 사원 뒤뜰의 원숭이 떼처럼 금연을 부르짖는 꼴통 보수 인간들을 너그러이 대할 수도 있을 만큼 기분이 나아진다. 오래지 않아 알 카포네 시대처럼 이 땅에도 금주법이 포고되고 그게 대세가 돼 사람들이 붉은 악마 군단처럼 금주! 금주!를 아우성치며 날뛴다 해도 그들마저 용서할 수 있을 만큼 기분이 괜찮다. 참 자유라는 것이 세상에 만약 있다고 한다면 그건 아마 피우고 마시고 하는 것을 마음껏 할 수 있는 그런 자장 속에서나 가능하리라.

피던 담배가 단종돼 인근 사방 10키로 내에 있는 가게들을 죄다 뒤져 각양각색 담배들을 한 갑씩 구해 쌓아 놓고 한 사나흘 예정으로 가장 맛없는 담배를 골라 내볼 작정이다. 공초 선생*이 갑자기 보고 싶어진다.

*1950년대 '담배라 하면 공초(오상순)를 뛰어넘을 자가 없다'라는 말이 유행할 정도로 공초 오상순 선생은 알아주는 애연가였다.

대폿집

술을 끊고 있어도 늘 곁에 있는 듯하던 대폿집의 이미지가 이제는 희미해졌다.

1950년대 말이나 1960년대 초 수복 후의 그 데카당하고 낭만적인 폐허의식 속의 대폿집이야 네 것 내 것 없이 서로 끌어안고 아무 데서나 뒹구는 그런 이미지였지만 글쟁이들도 하나 둘 제 구멍들을 마련하고 실속을 챙기던 1970년대 초까지도 대폿집의 그 빛깔은 별로 달라지지 않았던 걸로 알고 있다.

왼쪽 그림은 1980년대 어느 여성지에 연재됐던 서영은 씨의 소설 《그리운 것은 문이 되어》에 들어갔던 삽화인데 술판에 동참하려고 나타난 여자의 모습에 포인트를 주었던 것 같다. 어딘지 좀 쭈뼛거리는 기색이다. 진짜 애인은 이런 데 잘 불려 나오지 않는다. 대체로 글 친구든가 소 닭 보듯이 서로 무관한 사이일 텐데 점입가경으로 술판이 무르익고 왁자지껄 객담과 욕설이 오갈 무렵이면 '여자가' '계집애가' 하는 소리들이 튀어나오고 술판은 파투가 난다. 그동안 의식화

과정이 조금씩 치열했던 아가씨가 자리를 박차고 일어나 버린 것이
다. 삐친 그들이 몇 달 혹은 몇 년 만에 다시 화해를 했는지는 알 수
가 없다.

지금 이 삽화를 다시 모사해 보려 해도 분위기가 우러나지 않는다.

분위기는커녕 은유도 상징도 사라지고 그 대신 윤곽과 색깔만이 단순해지고 선명해졌다. 동참하려 나타난 아가씨는 여전히 보이지만 문으로 들어서면서부터 좌중을 야리는 듯한 기색이 역력하다. 술친구들을 수하로 거느리면서 닭살 돋는 아첨과 추파라도 기대하고 있는 것 같다.

장미

어째 봐도 쉬이 잠들 수가 없어 강아지를 데리고 새벽 거리를 걷고 있을 때 느닷없이 '장미가 대체 뭐길래?' 하는 요령부득의 말이 상념으로 떠오를 때가 있다. 무슨 노래를 속으로 흥얼대고 있었거나 아둔한 망상 같은 것에 젖어 있었던 모양으로 그야말로 뚱딴지같은 상념이요 망상이다. 반생을 두고 장미를 마음에 깊이 담은 적이 도대체 몇 번이나 될까.

꽃이라면 무조건 환성을 올리는 여자들은 본성이 원래 그러므로라고는 해도, 남자들의 의식구조란 그렇게 돼먹지가 않았다. 작업실에 간혹 꽃을 들고 들어서면서 실내뿐 아니라 주인의 마음까지 일거에 밝혀 주는 이들도 있긴 하지만, 내놓고 칭찬도 별로 못 듣고 쉽게 잊혀지기까지 한다. 그러니 이런 괴상한 의혹도 꽃 자체가 아니라 일테면 '네가 뭐길래?'라거나 '사는 게 대체 뭐길래?'라거나 하다못해 '여자가 뭐길래?' 하는 상념과도 맥락을 같이하고 있을지 모른다.

삶에 지치고 허기가 져 작은 다락 같은 장소로 숨어들어 어디선가 문어올 듯한 흐린 선율에나 종일 귀를 기울이던 추억이 내게도 있다. 옛 프랑스 문화원 바로 옆댕이에 있던 '예방'이라는 이층 카페. 이 카페의 처음 주인은 신촌에서 같이 어울리던 연극 패거리 중의 하나였는데, 사무실로 얻어들었다가 월세조차 빠지지가 않자 쓰던 소파와 의자 몇 개를 들이고는 장사를 시작한 것이다. 누구에게 부탁한 휘혼지 '예방(禮訪)'이라는 제법 의엿한 한자 현판도 안에다 걸고 벽에는 역시 춥고 배고프던 시절의 배우 M이 벽화삼아 그려 넣은 만화가 있다. 내가 거길 자주 들른 것은 주인이 카페를 넘기고 이탈리아로 오페라 공부를 하러 떠난 이후부터다.

몸집이 작은 소녀 타입의 두 번째 카페 주인은 어쩌다 이쪽에서 '장미(The Rose)'를 한 번 청해 들은 뒤부터 들어서기만 하면 그 노래를 틀어 주었다. 나나 무스쿠리의 직직 긁히는 LP 음반이었는데, 피곤과 외로움을 파고드는 그 멜로디가 유독 심상치 않아 아마 좋아하게 됐을 것이다. '종일 귀를 기울였다'는 소리도 이런 친절함의 과장 내지 왜곡에 지나지 않는다. 서로 코빼기를 맞대다시피 해야 하는 실내 너비며 분위기나 당돌할 정도로 조숙해 노상 카페에서 살다시피 하던 여섯 살짜리 그 집 딸아이 때문에 일어설 무렵이면 말끔히 피로가 가

시곤 했다.

'장미'는 재니스 조플린이 처음 부른 모양이지만 아직 들은 적이 없고(혹은 그녀를 두고 만들어졌던 노랜지도 모르겠다), 마약과 광기로 무대에서 쓰러진 그 짧은 일대기를 그린 영화 〈로즈〉에서 그녀 역을 맡았던 베트 미들러의 것이 정통인 걸로 알고 있지만, 가객마다 맛이 다르다. 예의 '나 홀로'라는 의식을 물고 늘어지는 나나 무스쿠리의 것은 물론이고 북구 언어로 부르는 시슬의 것이나 예술파답게 멜로디를 넓히는 주디 콜린스, 발음이 코에 걸려 되레 철학적인 느낌의 스즈키 시게코, 반주 없이 부르는 킹스 싱어즈, 국내의 록 메탈 그룹으로 알려진 모비딕의 것까지 예외 없이 끈끈한 무슨 말을 이쪽에 걸어온다.

장미를 잘 그리는 황염수(黃廉秀)라는 화가가 있다. 이 원로 화백은 아마 일생 동안 그것만 그려 오지 않았나 싶을 정도인데, 그런 만큼 그의 장미는 간결하고 온건하고 정확하다. 그의 장미들은 화려한 외모, 화사한 봉오리의 짜임새, 이 꽃에 가는 그 마음까지를 세련된 데생으로 과시한다. 꺾어서 병 같은 데 꽂아 놓은 장미를 그의 화면들은 거의 보여 주지 않는데 환경단체의 눈치 같은 것을 보아서가 아니라 이런 데서도 자연에 보내는 화가의 애틋한 마음이 읽힌다. 아무리 어둡고 습한 구석이라도 그의 장미 몇 송이만 벽에 걸리면 갑자기 한 줄기 빛이라도 스민 듯이 주위가 환해지리라.

이 꽃이 때로 발작적으로 내뿜는 인상—쾌락과 격정이 거기서는 안 보인다고 속이 허전하다면 르누아르의 제자였고 일본에서 제일 그림값이 비싸다는 우메하라 류자부로의 장미가 있다. 휘두르는 붓으로 폭발하듯이 구름을 표현하곤 하던 이 화가가 만년에 그린 장미들은 향이 너무 짙어 이 생각 저 생각을 이미 가릴 필요가 없는 성숙한 여성의 체취 그 자체다. 거기 비해 좀 후배인 하야시의 장미는 그 향내를 몰래 맡으려고 고개를 돌리고 이성으로 뻗대며 붓을 휘두르는 격이랄까. 황염수도 세칭 그 '일본 유학파 그룹'으로 분류가 되고 있으므로, 그의 장미 역시 그쪽 색채의 영향이 없지는 않았을 것이다.

장미는 죽어서도 그 모습이 별로 손상을 입지 않는 꽃이다. 시든 것은 때로 비루하고 처량한 느낌을 자아내는 경우가 있어도, 말라비틀어져서까지도 다시 한 번 자태를 되살려 내는 이런 꽃은 어딘가 불가사의하달 수밖에 없다. 사흘쯤 물을 갈아 주면서 보고 그다음은 줄기들을 끈으로 묶어 거꾸로 매달아 말린다. 그러면 오므린 자태 그대로

좌) 우메하라 류자부로, 〈장미〉(부분). 우) 이제하, 〈병풍 앞의 나부〉(부분. 캔버스에 유채, F8)

원래의 빛깔이 서서히 돌아온다. 암자주색의 무어라 말할 수 없는 그 빛깔은, 향과 액을 다 소진시키고 스산한 바람에나 바스라질 듯 휘불리며 그제야 정작 떠들고 싶었던 침묵의 내용을 마냥 서걱대는 늦가을의 포도넝쿨과 그 잎새들을 제풀에 또 상기시킨다. 더 갈 데가 없는 곳에 다다른 빛깔과 품위……

'장미여, 그 순수한 모순이여'라고 노래했을 때 릴케는 인간의 어떤 남모르는 쾌락과 슬픔과 소멸의 법칙을 거기서 보았더란 말인가.

나의 청춘 마리안느

망디아르그의 소설 〈오토바이〉를 읽고 이 소설을 영상화한 잭 카디프의 〈그대 품에 다시 한 번(Girl on a Motorcycle)〉을 본 탓에 가수 마리안느 페이스풀이 좋아졌던 건 아니다. 약혼자를 버리고 지퍼 하나로 완전 나신이 돼 버리는 검정 가죽 재킷을 꿴 채 연인을 만나러 밤마다 질풍처럼 오토바이로 월경을 하던 이 여자. 아차 하는 순간에 트럭과 충돌하는 그녀의 죽음은 이상하게도 카뮈가 즉사한 예의 교통사고와도 가끔 오버랩된다. 격렬한 열망의 중심에서 피할 수 없이 일어나는 산화여서 그런가.

'작은 새'를 부르던 초기 그녀의 순진무구한 목소리보다 롤링스톤스 믹 재거와의 스캔들로 마약과 섹스의 바닥을 기다가 다시 재기한 뒤 자갈밭을 가는 듯한 그녀의 허스키를 나는 더 좋아한다. 단도가 바람을 가르는 소리와 믹스돼 나오는 영화 〈걸 온 더 브릿지〉나 일탈과 죽음을 향해 달리는 〈델마와 루이스〉에 배경음으로 깔리던 주제가도 일품이지만 '사랑의 기쁨'이나 '스카보로 페어'를 이 가수는 특히

05 12621025

잘 부른다. 공허와 허무의 심연이 바닥에 배어 있지 않은 목소리를 나는 좋은 가수라고 생각하지 않는다.

이 가수에 홀려 카페 이름을 그렇게 땄는가, 아니면 줄리앙 뒤비비에의 왕년의 명화 〈나의 청춘 마리안느(Marianne of My Youth)〉에서 땄는가고 묻는 손님들이 가끔 있다. 새를 부르고 노루와도 말을 주고받는 뱅상이라는, 산간학교에 전학 온 한 소년이 찾아 헤매는 여인의 이름도 물론 마리안느다. 정신 이상일지도 모르는 이 신비한 여인은 고성(古城)에 유폐돼 있는데 뱅상은 밤마다 호수를 헤엄쳐 필사적으로 그녀를 찾아간다.

잃어버린 꿈도 되찾을 겸 노후대책삼아 십수 년 전에 문을 열었던 카페를 접을 생각을 하고 있다. 단양으로 들어가면 거기서 또 같은 짓을 벌일지도 모르지만 서울 바닥처럼 오리무중의 폐허는 아닐 것이다.

다도해

여성의 생명력 하면 제일 먼저 생각나는 것이 어시장의 아낙들이다. 보고 듣고 자란 데가 그런 곳이어서가 아니라 첫물 생선 좌판을 펴고 아침부터 선창에 나앉은 아낙들을 생각하면 남자 저리 가랄 정도로 억센 느낌에 압도당한다. 어쩐지 남자도 여자도 아닌 듯해서 좀 아쉽긴 하지만.

새벽 일찍 공판장에서 생선 함지박을 받아 이고 아낙은 지금 선창으로 내려가는 계단을 밟고 있다. 뒤에서 우줄우줄 따라가는 망아지는 물론 나 자신이다.

북제주에서

한림에서 협재로 넘어가는 오름 길에서 우산을 지니고 있던 국악원 학생 하나가 공중으로 사라져 버렸다. 햇빛을 가리느라 줄곧 우산을 펴든 채 걷고 있었기 때문에 그가 하늘로 날아갔다고는 아무도 생각하지 않았으리라. 작열하는 햇빛과 너무 짙파랗게 일렁이는 허공 때문에 사고가 일어났다고 생각했을지는 모른다. 국악원생은 그 말고도 둘이 더 있었는데, 좀 쉬자고 편편한 풀밭에 자리를 잡고 웅크리고 둘러앉자 투덜대면서 어디론가 침을 뱉었던 아이다.

무지무지하게 욕을 잘하던 여학생이었다. 서울에서 부산으로 내려가는 찻간 좌석에 앉으면서부터 얘기 틈틈이 그녀는 지독한 상욕을 섞어 넣고 있었는데 유명한 방송작가 아무개의 딸이라고 했다. 무슨 계집애가 저렇게 입이 더러우냐고 누구나 생각했을 것이다. 조치원에선가 그녀가 선반에서 기타를 끌어내리고 물어빼면서 폼을 잡더니 '도나도나'라는 노래를 부르기 시작했을 때까지도 누구나 그렇게 생각했을지 모른다. 나는 마음이 흔들리는 것을 느꼈다. 대책이 안

서는 저런 천하 욕쟁이도 환장하게 노랠 잘 부를 수도 있는 거구나. 하지만 아무 데나 침을 뱉는 것조차 그럴듯해 보였다고는 할 수 없다. 바다 물빛이 언덕을 적시고 듬성듬성 주위에 내던져진 바위틈으로 땅거미가 기어들자 그 욕쟁이 아가씨도 어디론가 감쪽같이 사라져 버렸다. 틀림없이 바닷속으로 끌려 들어간 것이라고 누구나 알고 있었다. 진탕 짠물을 마시고 산더미같이 배가 불룩해지면서 서서히 죽음 속으로 끌려들면서……. 하지만 아무도 입을 열지 않았다. 그 빈자리를 메워 주느라 그랬는지 우리 복판에 흰말 한 마리가 버티고 서 있었다. 그건 조금도 이상하게 여겨지지 않았지만 끝까지 등을 보이고 저쪽으로 돌아앉은 여자애에게 나는 송곳처럼 신경이 날카로워졌다. 저 여자애는 대체 누군가. 왜 공중에 둥둥 떠서 하늘 속으로 사라져 버리는가.

이건 판타지도 꿈도 아니고 리얼리티다. 등짝만 기억에 남은 그 여자애 땜에 나는 오늘도 이렇게 길을 걷고 있는 것이다. 아아, 잃어버린 청춘이여.

남해 - 동피랑에서 1

남녘 바다의 아름다움을 새삼 말해 무엇하랴. 하지만 가곡 '가고파'
의 본산이고 내가 초·중·고교를 다녔던 M시는 창원공단으로 완전
히 오염돼 바지락 한 마리조차 살 수 없는 폐항이 됐다. 벌써 40여 년
전의 일이지만, 어쩌다 고향 얘기가 나오면 너무 끔찍해서 이젠 돌아
보기조차 싫어진다.

그나마 오염에서 벗어난 그 곁의 아름다운 항구 통영에서 방 한 칸
을 싸게 세놓는다는 소리를 들었을 때 긴 꿈에서 깬 듯한 기분이 든
것도 물론 그 때문이었을 것이다. 그 강구항과 바로 다붙은 동피랑은
전람회 준비삼아 그래서 얻어들게 된 달동넨데, 들고 보니 어딘지 석
연치가 않다. 헐릴 동네를 벽화촌으로 만들고 예술 운운하는 가난한
사람 몇을 끌어들인다는 발상은 언뜻 참신한 것 같아도, 비싼 기름보
일러를 달아 놓고 가스레인지 하나 비치돼 있지 않은 것이다. 샤워라
도 하려고 기름을 넣어야 할 때는 호스를 연결해 네 집의 지붕 너머
로 끌어올려야 한다. 홍상수의 영화 〈하하하〉에도 따라붙는 남자를

모른 척 문소리가 대문을 잠그고 들어가 버리자 김상경이 한 다리로 가볍게 담을 넘는 이 골목 풍경이 나오지만, 담벼락마다 괴발개발 그림들을 그려 놓고 그야말로 사람 하나가 간신히 드나들 수 있는 골목길은 그것대로 또 마냥 허전하고 을씨년스럽기까지 하다. 2년마다 한 번씩 공모를 해 새 그림들로 단장을 한다고는 하지만, 가난하긴 마찬가지여도 하양 일색으로 밀집해 아름답기 그지없는 그리스 해안 언덕의 집들이 제풀에 또 떠오르는 것이다. 한국의 나폴리, 한국의 몽마르트르? 글쎄, 이 언덕이 그 수준의 명소가 될 수 있을까.

볼거리 좋아하는 우리 국민들의 낙천성, 생선들이 살아 퍼덕이는 어시장의 활기, 구경꾼들의 발자국 소리를 묵묵히 견디며 선한 표정들인 이 언덕 주민들의 강인한 생명력 같은 것을 감안하면 능히 그만한 문화 수준의 도시가 될 수도 있다. 문화예술 쪽만 살펴도 통영은 막강한 인재들의 보고다. 무형문화재인 나전칠기는 물론이고 윤이상을 비롯해 박경리, 유치환, 김춘수, 초정(김상옥), 미국 교과서에 글이 오르는 〈꽃신〉의 작가 김용익, 월여 전에 작고한 전혁림 화백까지 모두 여기가 고향인 것이다.

'편의시설이랍시고 야잡한 구조물들을 설치하거나 광고탑 같은 것

은 금물이다. 나무들이나 심고 자연 그대로의 공간과 정취를 살리지
못하면 이 아름다운 장소도 금방 그렇고 그런 딴따라 항구가 되고 말
걸.'

함께 내려왔다 담 너머로 마임 몇 토막을 선보인 연극인 C선생은 그
런 소리를 했다.

찢어지게 가난한 이 언덕 주민들은 대부분 고령자이고 얼추 짐작이

야 가지만 뭘로 살아가는지 그 자세한 사정을 나는 모른다. 꼭대기 쪽에서 유일하게 운영되고 있는 구판장의 아주머니는 백 살 할머니를 모신 3대 가족인데, 처음 재개발 계획이 알려졌을 때 나를 묻고 내쫓으라고 할머니가 버텼다고 한다. 그 간절한 소망도 그렇고 이 언덕을 살린 데에는 환경단체 '푸른 통영 21'의 힘이 컸던 것으로 알고 있다.

가난한 글쟁이로 자처할 바에야 나도 여기서 먹고살 궁리를 해야 한다. 아무개 작가에게 땅도 주고 집도 지어 준 뒤 TV 광고로 본전을 뽑는 화천군처럼 이곳 시의회가 동물원 운영 감각이나 그런 지혜도 없을 바에야 원고를 써서는 굶어죽기 딱 알맞은 나라에서 도대체 무슨 짓을 해 살아가랴. 40만 원 받고 시집 표지에 그려 주던 캐리커처를 여기서는 길손들을 상대로 4만 원쯤씩 받으면서 거리 화가로 나서 볼까, CD를 낸 적도 있으니 새 노래 발표회를 열고 다시 한 번 가수로 컴백(?)을 해볼까.

'길손 골목 극장'이란 간판은 그래서 달게 됐다. 그 아래 화실 간판은 케냐의 마사이 마라에서 주워 온 하마의 엉덩이 뼈다. 어디서 얻었는지 시인 H가 가져다준 커다란 봉제 낙타를 담 너머에 세우고 그 등에

닭 한 마리를 앉혔다. 배를 누르면 기묘한 울음소리를 내는 닭인데 그 소리를 들으면 공자라도 웃지 않을 수 없게 된다. 담 위로 차양까지 치게 되면 극장이 완성된다. 이 자연스럽게 이루어지는 골목 극장이 명물이 되고 일취월장하기를 나는 바란다.

퐁피두 센터나 샹젤리제 같은 데서 만난 거리의 예인들은 기발난 재능도 재능이지만 혼신의 힘으로 전력투구를 하고 있었다. 구경을 하고 1천 원이든 2천 원이든 던지는 푼돈이 조금도 아깝지 않다는 생각이 들 정도로. 그 정도의 관객 수준이 이곳에서도 이루어질 수 있을까. 끈에 달아맨 모자를 담 너머로 내리고 구경 값을 내지 않으면 돈 내! 돈 내! 하면서 쿡쿡 찌를 손가락 막대기 장난감도 하나 갖췄다. 프랑스에서는 5년 이상 자국에 살면서 노동증이 있어야 그림이든 뭐든 거리 벌이도 나설 수 있다고 들었다. 50년 이상씩이나 문학이라는 우물을 파도 물 한 방울이 나오지 않는 이 나라에서는 그것조차 꿈같은 이야기다. 시인 황인숙과 〈한국일보〉의 최윤필 씨가 친구들과 함께 놀러왔을 때 트럼펫 소리에 맞춰 온통 시집을 찢어발기고 내던지는 낭독 퍼포먼스라도 한번 벌여 볼까 하는 생각이 저절로 든 것도 물론 그 때문이었을 것이다.

겨울 - 동피랑에서 2

겨울이라도 나려고 내려와 보니 동네엔 닷새째 물이 나오지 않는다. 하나, 둘, 셋, 하고 하루 종일 들르던 관광객들의 셔터 누르는 소리는 여전하다. 동네 전체가 원숭이 울안에 옴짝달싹 못하고 유폐된 것만 같다.

첫날 남망산 공원 산책길에서 보았던 아름드리 키 큰 소나무들이 생각난다. 적송도 섞인 그 훤칠한 나무들 사이로는 바닷가에까지 이르는 계단들이 올망졸망 만들어져 있었는데 거기서 건너다보이는 달동네와 여기서 바라보는 그쪽 간의 위화감이 새삼스럽다. 물론 거기서도 산책 나온 사람들은 거의 보이지 않았지만.

수도국에 전화를 해보았으나 오불관언, 수자원공사 소관이니 그쪽으로 연락을 하란다. 예닐곱 번 채근을 해서야 마지못해 와서 들여다본 직원은 계량기는 괜찮은 것 같다면서 뜨거운 물을 끓여 붓거나 전열기로 녹여 보라고 웅얼거리고는 횡하니 도망쳐 버렸다.

"전열기요? 그걸 집집마다 비치해야 한다고요?"

울화통을 누르고 설비가게에 연락을 했다. 여기서도 마냥 능장을 부리더니 언 물탱크 녹이는 데는 20만 원, 물이 나오지 않더라도 출장비는 따로 줘야 한단다.

……보이소, 어르신? 하면서 어린 녀석은 두 번 세 번 옥상과 마루를 오르내리며 이쪽 반응을 저울질했다. 어두워진 무렵에 꼭지까지 올라온 본전을 단단히 뽑으려는 것 같아 더 괘씸했다.

'한국의 나폴리? 나폴리 좋아하시네. 개폴리라고 해라'는 욕이 절로 치민다. 그러고 보니 해저터널, 한려수도가 한눈에 내려다보이는 케이블카와 함께 꼭 돌아야 한다는 명물 관광코스라는 데가 기념품 가게 하나 없고 공중화장실 하나 마련돼 있지 않다. 골목 벽에 괴발개발 그려 놓은 그림들도 민짜집 벽들보다 전혀 아름답지가 않은데 도대체 뭘 보겠다고 저 선남선녀들은 꾸역꾸역 줄을 잇는 것인지.

이건 기묘한 딜레마다. 애초 헐리고 내쫓겨야 할 동네가 벽화 때문에 살아남은 것인데 이젠 그것이 되레 공해가 되고 있는 것이다. 조선소다 해수탕이다 하고 밤이면 항구 해면 위로 휘황하게 번쩍이는 네온 불빛들을 보고 있노라면 이곳 시의회의 매몰찬 편견과 염치없는 행정이 손에 잡힐 듯이 드러난다. 이왕 살릴 작정을 했으면 여기부터

제대로 정비하고 배려를 해서 구경거리가 된 동네 사람들을 안심시키고 애쓰는 환경단체의 체면이라도 세워 줘야 도리가 아닌가.

가난한 사람들의 세금으로 살아가는 공무원들의 거드름이나 태만이 어떻고 저떻고 해봤자 그것이 한 도시의 문화 수준을 가늠하는 유일한 척도는 아닐 것이다. 더 근원적인 오류는 어디나 없이 너 죽고 나 살자는 식의, 광범위한 집단 마비 증상을 보이는 국민들의 생존 철학에 있을지도 모른다. 윤이상, 박경리, 김춘수, 전혁림을 낳은 항구라 콧대는 또 얼마나 높은지 여기서 서울말을 쓰면 만 원짜리 가자미가 2만 원으로 갑자기 둔갑하기도 한다.

궁하면 통한다고 서너 집 건너 구판장 아주머니집에서 물탱크 쪽으로 호스를 끌어다 놓긴 했지만, 하마터면 이상의 수필 〈권태〉에서처럼 쪽마당에 쭈그리고 앉아 볼일을 볼 뻔했다. 작은 돌멩이라도 하나 그 위에 얹어 놓고 캄캄해지기를 기다려 이걸 어떻게 동네 사람 몰래 내다 버릴까 전전긍긍하면서…….

말 혹은 몰 - 동피랑에서 3

몰 혹은 말이라고 부르는, 부산 사람들이 미치는 해초가 있다. 긴 난초 같은 바다풀로 뜨거운 밥 위에 갈치 속젓과 땡초를 얹고 쌈을 싸 먹는데 목젖을 쓸며 기도로 넘어가는 그 감촉에 눈이 감길 수밖에 없다. 마지막으로 먹은 것이 몇십 년 전쯤 초봄이었을 것이다. 갑자기 미친 듯한 심사가 되어 그걸 찾아 나선다. 하지만 통영에는 이 해초가 없다. 파래, 톳, 마재기(모자반) 같은 것은 흔해도 이놈이 보이질 않는 것이다. 부산 쪽에도 요즘은 이게 없는가. 지구 온난화 때문에 이것도 멸종하고 말았는가 싶자, 암담하다.

그 대신 남쪽에서 머구라고 부르는 삶은 머윗대를 잔뜩 사다가 무친다. 참기름과 다진 마늘을 떨어뜨리고 들깨가루에 버무려 입이 미어져라 우물거리다 보면 이것도 살아 있다는 느낌을 실감케 하는 훌륭한 쌈거리일 수밖에 없다.

예술이고 나발이고 좀 있으면 호박잎도 온통 흐드러질 것 아닌가.

견디자. 제발 견디자, 마음아.

걷는다

자하문 밖에서 광화문까지 걷는 데는 대략 40분쯤이 걸린다.

기분에 따라 보폭도 속도도 달라지는 모양인지 어떤 때는 한 시간쯤이 소요될 때도 있고 반 시간이면 족할 때도 있다.

'자하문 밖'이라고 했지만 몇 해 전까지 고물차를 끌고 이 부근을 넘나들 때는 잘 떠오르지조차 않던 지시대명사다. 문이 달린 누각은 고사하고 그 말의 뉘앙스나 의미가 아예 스러진 지도 꽤 오래전 일이었을지 모른다. 학교를 다니느라 처음 서울 바닥에 발을 들여놓던 1950년대 중반이나 서승해(미당의 장남)와 함께 그 부근 산비탈에 있던 시인 김관식의 집에서 우연히 하룻밤을 지새우며 소쩍새 울음을 듣던 1960년대 초입만 해도 이 단어는 어느 정도 아직 생채를 띠고 있었다. 그러니까 요즘 식으로 말하자면 '올림피아 호텔 맞은편의 평창동 작업실에서 서울예고 쪽으로 내려가 세검정과 상명대 앞을 지나 하림각 쪽으로 다시 오르면서 터널을 빠져 효자동, 적선동, 광화문에 이르는' 거리가 된다.

군이 이렇게 엮어 봤자 그게 무슨 별스러운 맛을 내며 무슨 소용에나 닿는 언사겠는가. 걷게 되니까 그 잊어먹었던 '자하문 밖'이란 소리가 어렴풋이 되살아나면서 그런 의미망이야말로 차라리 마음의 중심이나 진실에 훨씬 더 가깝지 않나 하고 새삼스레 깨닫고 있다는 소릴 뿐이다.

'부암터널'로도 불리는 자하문터널은 요즘 몇 달째 보수 공사가 한창이다. 북부간선도로와 이어지는 순환도로를 뚫느라 얼마나 산을 닦달했는지 터널 천장으로 균열과 누수 사태가 일어났던 것 같다. 홍은동 쪽에서 인왕산의 내장을 온통 헤집고 까뒤집으면서 정릉 쪽으로 뚫고 나온 순환도로다. 이문동에서 강사 노릇을 하고 오던 길에 길음시장 쪽으로 잘못 이 고가도로를 탔다가 어이없어진 적이 있다. 한 식경을 달려도 끝이 보이지 않는 터널이 온통 산의 내장 속이었던 것이다. 나와 보니 홍제동 부근의 유진상가 앞이어서, 작업실 쪽으로 도로 유턴을 해야 했다. 거기 비하면 자하문 쌍굴은 그야말로 장난감의 그것 같다. 한쪽 터널을 고치더니 모든 차량을 그쪽으로만 통과하게 하고 있다. 아무려나 그것도 내 알 바 아니어서 그 곁의 청운동 쪽 고갯길로 휘적휘적 넘어간다. 인근 인왕산 자락에서 한동안 살았

던 시인 최승호가 '우리 집에서는 절이 일곱 개나 보여'라고 했던 말이 몽롱하게 떠오른다. 열 개라고 했던가 일곱 개라고 했던가. 아무튼 직접 들었던 말은 아니다. 그런데도 다 넘어올 때까지 그 말은 이상한 무리를 쓰고 뒤를 따라온다.

청와대를 습격하러 잠입했던 김신조 일당과 교전하다 순직한 경찰관 아무개의 기념 동상이 그 중간에 서 있다. 그렇게나 여러 번 이 고개를 오르내렸으면서도 아직도 나는 그 경찰관의 이름을 외우지 못하고 있다. 좀 더 아래쪽으로 내려오면 나타나는 궁정동도 마찬가지다. 10·26이 일어났던 곳이 아닌가. 김재규가 차지철과 박정희를 쏘고, 가수 심수봉과 모델 아무개가 술시중을 들다 혼비백산하고, 결국 모반자 전원이 사형을 자초했던 장소다. 만약에 그때 모반에 가담했던 홍안의 부하들 중 하나가 박정희가 쓰러진 뒤 김재규에게 마저 총부리를 겨눌 생각을 했다면 또 어떻게 되었을까. 나라의 운명과 경륜을 갑자기 절감하고서 말이다. 그 유예의 10분 혹은 5분…… 청년의 가슴속에서 끓어오르는 '나의 조국, 나의 청춘' 운운하는 절규…….
하지만 그런 절규를 떠올리기엔 이 부근은 이제 너무 고즈넉하다.
청와대 옆댕이 길을 밤에 지날 때는 헤드라이트를 끄게 돼 있지만 차가 아니더라도 어쩐지 꺼림칙한 기분이 들어 제풀에 효자동 쪽 길로 피해 가게 된다. 정치나 정치하는 사람들에 대한 불신과 무관심은 그만큼 이제는 만성적인 것이 되어 버린 모양이다. 삼일당이 있던 옥인동 부근을 지나면서 양희은의 첫 라이브를 보러 갔던 일이나 떠올리는 것이 차라리 훨씬 즐겁다.

신촌에서 아현동 고개를 넘어 미도파백화점까지 무작정 걷던 1950년대 말과 지금의 이런 걸음이 어디가 얼마만큼 다르다는 것일까 하는 생각이 든다. 그때는 무의식적으로 내딛던 걸음이 이제는 바로미터처럼 작동이라도 하고 있다는 것일까. 수백 편의 소설과 수천 편의 영화와 수만 대의 컴퓨터가 그 사이에 산처럼 쌓여 있어도 사람과 사람 사이의 소통은 더욱 절망적이고, 그 공허감은 끝이 보이지 않는다. 30대 시인과 40대 시인의 언어에조차 통로가 없고, 아이들의 사이버 공간도, 30만 부씩 팔린 소설도 믿을 수가 없다.

광화문에서 동숭동까지, 대학로에서 다시 청계천 쪽으로 걷는 동안에 '내 마음의 어딘 듯 한 편에 끝없는 강물이 흐르네' 운운하는 김영랑의 시구 같은 거라도 어쩌다 막연히 떠올라 주면 그날은 재수가 좋은 날이다.

달동네 서울

서울역 기둥 뒤에 일곱 명 여자
푸른 수의(囚衣) 걸친 일곱 명의 여자……

처음으로 서울이란 데를 들어섰을 때의 그 환영(幻影)을 아직도 기억
한다. 근 50년 전의 일이므로 이 첫인상은 군더더기가 말끔히 사라진
그런 것일 수도 있다. 한강철교도 인상적이고 시골과는 비교가 안 되
는 그 으리으리한 건물 더미도 눈을 크게 뜰 수밖에 없었던 것 같은
데 찬바람 휘몰아치는 역을 빠져나오자 내 뇌리에는 상기 초현실적
인 그런 이미지만이 끈덕지게 따라붙고 있었다. 기분으로만 따지면
기쁘다든가 슬프다든가 하는 그런 것이 아니라 차라리 황량한 것에
가까웠다고 할 수밖에 없다.

건물 기둥 뒤의 그 푸른 죄수복을 입은 여자들이 무슨 은유며 무엇을
상징하려 나타난 것인지도 지금껏 모른 채로 있다. 하지만 그 심리적
까닭을 따진다면 얼추 짐작 못할 바도 아니다. 대학엘 다니려고 무작

정 상경할 수밖에 없던 그 무렵의 현실적 사정과 일제 때의 잔류물인 역사(驛舍) 건물의 그 고풍스러운 인상과 문청의 감상벽, 아니면 자의식이 함께 어울려 제풀에 그런 희화적 이미지를 만들어 냈을지도 모른다. 이 낯선 거대 도시에 대한 동경과 기대가 그렇게밖에는 표출될 수 없었다는 소리기도 하다. 앞으로 살게 될 공간에 대한 이런 원망과 기대야말로 문화에 대한 갈증이 아닐까 보냐고 말을 바꾸어도 크게 틀리지가 않으리라. 사람이 안심하고 살 수 있는 환경과 조건이 일차적으로 문화라는 것이고 그 욕구일 바에야 말이다.

창신동에 있는 고교 선배와 신당동에 있는 한 다리 건너 아는 사람의 하숙방을 옮겨 다니면서 더부살이를 하던 서울의 그 첫 며칠도 함께 떠오른다. 창신동이 더 쾌적했던가, 신당동이 보다 편리한 동네였던가 하는 비교 같은 것은 여기서는 차라리 언외의 일일 것이다. '일기(日氣)문화'라는 것이 이 땅에 있을 턱이 없고 보면 이따금 눈보라가 휘날리면서 매섭기 짝이 없던 그때의 서울 추위가 전혀 문화적이 아니었다는 푸념 같은 것도 한낱 군소리에 불과하리라. 서울에도 한강이 흐르고 그 강이 심상치 않게 아름답다는 것을 깨달은 것은, 그 30년도 더 뒤인 88올림픽 개막식을 TV 중계로 보면서였다.

이것은 말이 안 되는 소리다. 제가 살게 된 고장의 수자원 혹은 젖줄기를 30년이나 뒤에 그것도 TV로나 알게 되다니.

물론 전적으로 내 자신의 아둔함이나 성격 탓일 수도 있다. 그렇지 않고 굳이 남 탓으로나 따지기로 들면 세계 어디서도 유례가 없게 천혜의 아름다운 자연으로 둘러쳐져 있다는 이 서울의 울타리 속에 문제가 있었을 것이다. 더구나 세계가 초 단위로 바로 비교되는 지금이라면 이런 시행착오는 어이가 없다.

북한산, 도봉산, 청계산 같은 산들은 고사하고 인왕산의 수려한 미모를 절감한 것도 근년에 들어서이니 이 무슨 망발이랴. 6년쯤을 살던 삼청동을 뜰 무렵 무슨 일로 목욕탕 좁은 골목길을 제동 쪽으로 올라갔다가 겸재의 〈인왕제색도〉와 비로소 부딪치고 어안이 벙벙해졌던 셈이다. 민속박물관의 청기와 지붕을 발아래 두고 음전하게 앉은 이 산의 자태는 그림값 비싸기로 유명하고 르누아르의 제자이기도 했던 일본의 야수파 화가 우메하라 류자부로의 〈자금성〉의 구도를 그대로 빼닮아 있다. 이 그림을 특별히 좋아하고 그 격조를 인정할 수밖에 없어서가 아니라, 왜 우리 쪽에서는 이 산의 자태를 진작 파악하고 그런 구도를 선수 친 양화가가 없었던가 하는 의문에 탄식이 나오는 것이다.

남산 케이블카나 남산 타워를 문화적 시설이라고 할 수 있는가라든지, 63빌딩이나 코엑스 몰은 어디에 내놓아도 손색이 없는 그런 문화적 건물일 수 있는가라고 따지는 것은 어리석은 일이다. 산으로 오르는 오솔길의 돌계단이 아무리 앙증맞고 아기자기하다 하더라도 어디선가 깡패가 기웃거릴 것만 같아 산책객이 불안에 떨 수밖에 없다면 그 부근을 문화적 환경이라고는 할 수가 없지만 고도한 문화를 자랑하는 외국의 도시에도 그런 위험한 명소는 얼마든지 있다. 일본의 디즈니랜드 정도의 규모와도 비교할 만한 놀이시설이 이 도시의 외곽에도 있는가, 런던필에 비견될 만한 교향악단이 이 땅에도 있는가 싶은 의문에 말문이 막힐 양이면 그런 외관의 다양성이나 상황적 조건과 규모를 따질 것이 아니라 그 내용이라도 문제삼을 수가 있다.

앉아 쉴 공원과 숲이 없다, 나무가 모자란다, 매연 차량의 아우성과 바로 시장 한복판의 북대기 판을 방불케 하는 거리와 골목과 뿌연 하늘…… 하는 익히 알려진 서울의 치명적인 약점들조차 그러나 웬일로 별 의식을 못한 채 살아왔던 것 같은데, 연전 요절한 재일동포 작가 이양지의 아쿠타가와 상 수상 소설《유희》를 읽다가 심한 충격을 받은 일이 있다.

뿌리 찾기차 서울로 유학을 와 책상 하나를 사러 거리로 나섰던 주인 공이 시내버스의 잡답(雜沓)에 휘말리는 대목이다. 멋대로 틀어 놓은 운전기사의 뽕짝 라디오, 함부로 침 뱉기, 남의 등이나 발을 억박지르며 밟고도 모른 척 딴전 보기가 일쑤인 그 파렴치한 정경에 현기증이 나 버스를 내려 버린 주인공이 길바닥에 주저앉은 채 '이 나라를 사랑할 수가 없다'고 외치는 것이다. 너무 심한 표현이 아닌가 싶으면서도 이만한 소양과 갈망과 학구열을 지닌 주인공이 설마 그 때문이랴 싶은 의문에 충격은 더 컸을 것이다.

낯선 사람을 대하는 이 고장 사람들의 마음을 말하고 있는 것이 아닌 가. 너는 너, 나는 나……. 여기서는 모두가 오로지 서로 이방인일밖에 못 된다는 것을 주인공은 깨닫고 만 것이 아닌가. 새삼 둘러봐도 너 죽고 나 살자는 식의 이런 몰상식과 후안무치에 오염되지 않은 장소가 서울에서는 아직도 별로 눈에 띄지 않는다. 가볼 만한 미술관이 눈에 들어와 작정을 하고 찾아가 보면 돈으로 처바른 듯한 거창한 요새 같은 딴 미술관이 어느새 그 앞을 막아 버리고 있다.

복개 공사가 바로 엊그제 일 같은데 다시 뜯어 파헤치고 있는 요즘

의 청계천 정화 프로젝트만 해도 그렇다. 정치한다는 사람들의 상습적인 변덕 때문에 그동안 탕진된 시민들의 천문학적 혈세는 치지도외한다더라도 그 내용이 문화적 영양가로 채워질 만큼 충분한 사전준비와 검토를 거치고 들어갔느냐는 의혹이 일어날 수밖에 없는 것이다. 먼지투성이 창고에 가느다란 물 한 줄기가 흐른다 해서 그것이곧 문화가 되는 것은 아닐 터이다.

몽마르트르와 유사한 화가의 거리가 서울에도 있는가라는 뚱딴지같은 상념이 또 머리를 쳐든다. '대학로에 있지'라고 자답을 하고 보면 '아니올시다'라는 대답이 곧 뒤따르고 만다. 몽마르트르의 거리와 집들은 보다 깨끗한데 동숭동의 그것은 볼품없고 지저분하다든가 거기 화가들은 그래도 저마다 개성적인 그림을 그리고 있는 것 같은데여기서는 치졸한 초상화로나 일관하는 수준이라는 식의 비교를 하는 것이 아니다. 대충 7, 8만 원쯤 하는 그 '거리의 그림'을 선뜻 사들고 올 수 있는 관객 혹은 관광객의 여유나 수준을 말하는 것도 아니다. 5년 이상을 살고 노동 허가증을 지니고 있어야 파리에서는 거리에 나서서 그림도 팔 수가 있다는 소리를 듣긴 했지만 무슨 대단한화가라도 새로 발견한 듯이 들고 온 그 물건이 두고두고 가보처럼 애틋이 여겨지는 심사란 반드시 그런저런 조건 탓만도 아닐 것이다.

왁자한 시민들의 일상생활의 열기가 이쪽의 남부터미널을 방불케하는 이스탄불 초입 도로에 즐비한 묘지가 이따금 스쳐 가는 것을 보고 기묘한 감회에 빠진 적이 있다. 공동묘지가 바로 어린이들의 즐거운 놀이터가 될 수도 있는 예는 프랑스도 그렇다지만 인간 심성의 융화와 진행, 그런 연륜이 쌓이고 단단해지면서 만들어지는 역사나 그 보편적인 의식 수준을 나는 말하고 싶은 것인지 모른다.

탑골공원이 노인들의 쉼터라는 것을 모르는 이도 없고 즐거운 마음으로 거길 우정 찾아가려는 이도 없을 것 같다. 노상 술판이나 벌이고 이상한 춤까지 추어 대기 일쑤인 그 노인들이 민망해 보여서도 그렇겠지만 왠지 진창에 발을 들여놓는 듯한 꺼림칙함이 앞을 가로막아서라면 이건 상식 밖의 일이고 그 안도 밖도 문화와는 별로 인연이 없어 보인다.

왜 이 모양이 돼 버린 것일까. 영화관과 극장은 왜 코흘리개들뿐이고 주부들은 왜 하루의 태반을 바보통의 저질 드라마에나 매달려 아까운 시간을 허비하며 그나마 눈에 들어오는 손바닥만한 공원은 왜 쓰레기와 욕지거리와 주정뱅이로만 넘치는가. 기차간에서 볼펜을 사

달라고 강요하는 왕년의 상이군인들이 만약에 다친 다리를 깨끗이 다림질한 옷으로 맵시 있게 감추고 하모니카든 피리든 작은 재주라도 성심껏 피력하고서 물건을 내밀었다면 공포와 혐오감으로 외면하는 그런 심사나 기피 풍습이 생겨날 수가 있었을까. 문화란 이차적으로는 웃음으로 말을 걸면 웃음으로 대답을 줄 수 있는 여유와 그런 소통의 질량을 말하는 것이 아니겠는가.

결국은 한 공간 속에 살고 있는 인간들의 심성이 문제가 된다.

아파트의 창으로 문득 내다본 작은 풍경이 마음을 온통 사로잡고 어지럽힌다. 그것은 단지의 포장도로 일각에서 갑자기 시작된 작은 회오리바람이 거리 한끝으로 빠르게 이동해 가면서 종잇조각과 마른 가로수 잎 따위들을 말아 올리는 정경이다…….

한 이상적인 문화 도시에의 기대를 두고 언젠가 서두삼아 이런 글을 쓴 적이 있다. 아무리 염병할 도시라도 좋은 점이 언제나 한둘쯤은 있는 법이다. 친구와 어깨를 비비며 졸던 술집, 뜻하지 않은 장소에서 뜻밖에 만났던 선율, 불의(不義)를 외치는 기회에 절대적인 힘과 위로가 되어 주던 말없는 다수, 작은 병원의 그 자신만만한 의료기구와 날카로운 메스, 그리고 고궁과 박물관…….

반백 년 넘게 살고 있으니 나에게 서울이란 데는 당연히 제2의 고향이 될 수밖에 없을 텐데 가령 무슨 사정으로 여기를 뜨게 될 경우 동질의 느낌이 끝까지 따라붙을 수 있을까 하고 문득 드는 의문은 처량하고 괴롭다. 여기서도 나는 한낱 이방인, 떠돌이에 불과했다는 추억만 남게 되는 것이라면 이곳이 그나마 살 만한 도시인가 아직도 달동네인가를 따지는 일도 부질없는 짓이다. 이런 을씨년스러운 심사는 비단 나만의 것이 아닐 것이다.

어이없는 일들

어느 고마운 이가 짓다 만 절을 작업실로 쓰라기에 좋아라 싶어 틈틈이 이삿짐을 나르고 자갈밭을 고르고 하는 두어 달 사이에 바깥세상에서는 여러 사건들이 터졌다. '바깥세상'이라고 하는 것은, 반백 년이 훨씬 넘어서야 다시 만져 보는 흙의 감촉이 이쪽에는 그 어느 무엇보다 강렬했던 탓이었을 것이다. 이젠 흙으로 돌아갈 나이인가 싶어서도 아니고 새삼 고향의 추억이 되돌아왔다는 감회 때문도 아닌 것 같다.

얼굴 모르는 이장한테 전화를 넣고 트랙터를 주선해 주차장 용도로 남겨 놓은 듯한 백여 평이 넘는 자갈밭을 갈아엎었다. 몇 톤이나 들이부었는지 자갈은 골라내도 골라내도 끝이 없었다. 그 틈 사이로 만져지는 흙은 따뜻하면서도 지긋지긋했다. 아홉 살 때까지 자라던 일제 치하 밀양 남천 강변 깡촌의 그 가난의 기억이 되살아났기 때문이다. 나는 흙으로도 돌아가지 않고 길 위에서나 흔적 없이 사라지리라던 평소의 결심이 다 무색할 지경이다.

노 대통령 자살 소식은 양평에서 가평으로 넘어오다 점심차 들른 식당에서 들었다. 동행은 참 안됐다고 눈물까지 글썽거렸지만, 내 뇌리에 언뜻 떠오른 것은 어릴 때 읽은 소년소설《사랑의 학교》다.《십오 소년 표류기》도 그렇고 그런 책에는 친구를 위해 기꺼이 목숨을 내던진다던가 의(義)를 지키려고 눈보라 치는 만리행도 불사하는 감동적인 이야기들이 가득하다. 지금 돌이켜 보면 리얼리티를 빼버리고 아이들의 단선적인 감성에나 호소하는 한 겹 유리창 너머의 감동이긴 하지만, 감동은 감동이다. 광장을 메운 그의 조문 행렬을 이끈 것도 그런 감동일지 모른다. 정말로 그의 죽음을 깊이 생각하고 슬퍼한 사람은 멍청히 골목 밖을 내다보거나 근처 채마밭뙈기로 나가 혼자 무연히 땅이라도 굽어보고 있었으리라.

참혹한 리얼리티는 청렴하고 도덕적이어서 고지식한 대통령을 자처하던 그가 가족 때문에 뇌물을 받아 썼다는 데 있고 손톱만 한 정서도 문화 감각도 없어 보이는 다음 정권이 그 틈을 놓칠세라 야수처럼 그를 몰아붙였다는 데 있다. 먹이사슬로 생태가 유지되는 정글 속 동물 세계의 패턴과 하나도 다를 게 없어 보인다. 시체 냄새를 맡고 좌니 우니 하고 삽시간에 모여든 패거리는 하이에나 떼일 것이다. 그사이에 김정일은 미사일을 쏘아 올리고, 대학로에 데리고 나갔던 강아지가 양아치 같은 진돗개에게 물려 반죽음이 됐다. 어떻게 물고 흔들었는지 갈빗대 세 개가 부러지고 폐에 이빨 구멍 세 개가 뚫렸다. 병원에서는 그나마 살아난 것이 기적이라고 했다.

도대체 이야기가 앞뒤도 논리도 맞지 않아 속으로는 혀를 차고 고개를 흔들면서도 이 땅의 대중들은 눈물을 줄줄 쥐어짜게만 만들면 그것을 좋은 영화라고 생각한다.

이런 악재들 속에서도 죽으라는 법은 없는지 기울어져 가는 창고 옆에서 지렁이가 몇 마리씩 뒤집어지는 작은 옥토를 발견한다. 20여 평쯤이나 될까, 스님이 텃밭삼아 파를 심어 먹던 곳인지 희미한 고랑 자국이 있다.

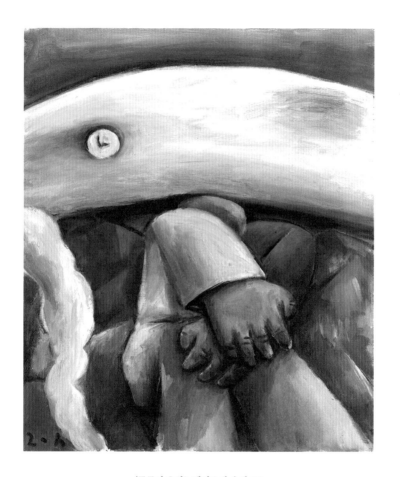

〈구름의 초상〉, 캔버스에 유채, F8

[3장]

그림의 행방

자화상을 팔다

컬렉터 중에는 그림쟁이의 자화상만을 집요하게 모으려는 사람들이 있다. 화가들은 짬도 없이 제 얼굴을 그리게들 되지만 적게는 한둘에서부터 열댓 점 이상이나 그린 화가도 있을 것이다. 특히 많이 그린 고흐가 생각난다. 대체로 거울 속의 자신을 그리거나 익히 아는 심상 속의 제 얼굴을 묘사하게 되는데 모델이 없어서도 아니고 나르시시즘도 아니다. 도리 없이 그릴 수밖에 없어서 그리는 것이다. 나란 존재는 대체 무언가, 왜 여기 있는가, 어떻게 살아야 하는가, 나는 어디로 가야 하는가……. 거창하게 따지자면 존재에의 그런 의혹과 자괴감 탓일지도 모른다.

'자유로운 영혼'이란 사이트의 어느 회원이 와서 하도 조르는 바람에 립스틱 칠한 듯이 입술 붉은 자화상 하나를 내줘 버렸다.

바야흐로 자본사회 최악의 속성이 창궐하고 있는 세태다. 팔아먹을 수 있는 것은 때를 놓치지 말고 팔아야 한다. 밥하고 빨래하고 때론 엎드려 마루 걸레질도 해야 하는 처지를 겪으면서 '내 속에 여자가 있다'는 긴가민가한 직감에 어쩐지 기쁜 듯한 혹은 서글픈 듯한 상념에 곧잘 휘말리곤 하던 때의 그림인데 10호짜리 남의 얼굴을 가져가서 이 컬렉터, 어쩌고 있는지 모르겠다.

그림의 행방

그림으로 살아가는 사람은 늘 거기 에워싸여 있으니까 그림에 대한 욕심도 별로 없으리란 어이없는 오해. 물론 제 그림에야 다들 목숨 내놓을 듯이 집착한다지만 남의 그림에 대한 선망과 질투도 그에 못 지않다.

떠돌이 운명을 타고나 세상을 헤매는 세칭 아웃사이더들에게도 그런 경우가 생긴다. 전두환에게 목을 잘리고 제주도 신문사로 낙향했던 C선생이 팔아 달라면서 그림 한 점을 들고 올라오셨다. 이쪽은 평생 동안에 한 해 남짓을 사무실에 매여 있을 때였고 미술잡지를 편집하고 있었으니 적임자라 여겼을 것이다. 절친했던 친구한테서 받은 선물을 내놓는 심사야 오죽했으랴만, 어느 화랑에 가져다 보이고 와서는 더럭 이쪽에서 욕심에 부대꼈다. 화랑에서는 통상 그림을 팔아 주면 10프로를 수수료로 뗀다. 아! 수수료 없이 다 치러 드리고 저걸 내가 가져야 하는데 돈이 없었다. 박정희가 이빨 치료하러 다녔다던 옛 치과 자리, 삐걱대는 목조 이층 화실 한 칸을 떼서 세놓고 방송 드

박항섭, 〈서커스〉, 캔버스에 유채, F6(45.5×74), 1976

라마 쓰는 친구를 꼬셨다. 기막힌 물건이 들어왔다고. 반씩 내고 사서 한 달씩 번갈아 걸자. 그렇게 꼬시는 데는 성공했으나 드라마 외에는 관심이 없던 친구가 불안해할 것은 당연하다. 반년 남짓을 그렇게 번갈아 혼자 희희낙락하고는 있었지만 친구는 차츰 바늘을 잘못 삼킨 듯한 표정이 되어 가고 있었다.

그래서 한 해 남짓 뒤 그림은 온전히 내 것이 됐다. 박항섭의 6호짜리 이 〈서커스〉, 주황과 황토색과 남색으로 시골 아낙과 들 풍경들을 주로 그려 온 이 화가의 그림들 중에서는 특이한 작품이다. 특히 슬프면서도 유머러스한 말[馬]의 표정에 나는 뿅 갔을 것이다. 그런데 이 그림은 지금 내 손에 없다. 어디로 가버렸단 말인가.

환마(幻馬) B

좋아서 말을 자주 그린다고는 하지만 그 근원은 잠깐 왔다 가는 세상의 산과 강과 언덕 들을 좀 더 분명히 기억하기 위해서다. 그 자연 속의 한 마리 생물…… 확장하면 그런 의미 외에 딴 뜻이 없다. 개떡 같은 도시에 내던져져 살게 된 다 늦게서야 그 진실을 새삼 깨닫고 그런 야성의 힘들을 좀 더 분명히 느껴 보려 실내에다 말을 몰아넣기 시작했을지 모른다.

작가 홍성원과 화곡동 이웃에 살 때 이 당찬 친구는 하루아침에 칼로 자르듯 담배를 끊었고, 미아리 달동네에 살면서 가난했던 시절에는 피까지 팔아 예닐곱이나 되는 동생들을 건사했다는 얘기를 알고 감동한 나머지 벽에 걸어 놨던 이 액자를 떼서 선물했을 것이다(동아일보 현상 공모에 장편《D데이의 병촌》당선 통지를 받던 날 동생들을 다방에 앉혀 놓고 신문사에 들어갔다 작가 최일남 씨를 만나 얘기가 길어져 늦게 내려왔더니 여동생이 눈물을 글썽이면서 '오빠, 가작만 해도 그게 어디야?' 했다는 에피소드는 유명하다. 그때만 해도 공모에는 가작 분야가 있었고 당선작 상금이

〈환마(幻馬)〉, 종이에 유채, F5

요즘의 40평짜리 도심 아파트 한 채 값 정도였다고 알고 있다).

이 손바닥만 한 그림, 아직 잘 있다고 그의 2주기 땐가 〈베토벤 바이러스〉를 썼던 그 집 자매가 살짝 귀띔을 해줬다.

가족의 초상

가족을 흩어 버린 자가 가족의 단란에 목이 멘다는 것은 분명 아이러 니다.

20년 가까이 이 캔버스를 곁에 두고 보면서도 손을 떼지 못한 것 역 시 그 때문일 것이다. 그 지리멸렬한 자책에 의지하기 위해서라도 구 도를 제대로 완성시키지 않으려 했을지 모른다. 가장은 고개를 꺾고 있고 거실로는 바다가 밀려들고 갇힌 데서 뛰쳐나가려는 말과 어린 딸이 보인다.

미완성인 채 이 그림은 어느 시인의 손에 들어가 있다.

펜의 발견

그림 그리는 사람에게 데생은 가장 기본적이고 필수적인 것인데 그 자유로운 힘이 갖추어져 있지 않으면 그림은 한 걸음도 앞으로 나가지를 못한다. 그 드로잉을 하는 펜이란 게 또 민감하기 짝이 없어서 오랫동안 고심하는 화가들도 부지기수라 알고 있다. 아트펜이라는 것도 있지만 이건 제도, 디자인용이다. 딱딱해서 임의로운 선이 나오지를 않고 그 밖에도 각종 연필, 사인펜, 네임펜, 볼펜, 모필이란 것도 있지만 그렇게 그어지는 선의 세계란 것도 천양지판으로 제가끔 다르다. 당연히 바탕이 되는 종이의 질감이나 종류 같은 것도 각양각색일 수밖에 없다. 펜촉을 꽂아 쓰는 펜대가 문구점에서 자취를 감춘 지도 한참이어서 늘 신경이 쓰였다. 그러다 획기적인 펜을 찾아낸 것이 몇 년 전. 후지고 값싸고 아무 데서나 눈에 띄지만 아나키스트의 자유가 뭔지를 가르쳐 주는 펜이다. 나는 이걸 대단한 발명이라고까지 생각한다. 이른바 와리바시 펜.

나무젓가락을 깎아서 써봤더니 굵기도 임의롭고 잉크도 쉬이 마르

지를 않는다. 목탄 재료인 버드나무의 유연한 속성이 십분 발휘되고

있는 것이다. 캐리커처나 일러스트를 그릴 때 나는 주로 이 '발명품'

을 쓴다. 종이도 고급은 금물. 한 번 인쇄 기름을 먹어 거칠 것이 없는

철 지난 아트지 캘린더의 뒷장 여백이 제격인 것이다. 특허라도 낼까

보다.

모란 동백

— 시가 된 노래, 노래가 된 시

1980년대 초쯤인가 어느 주니어 잡지에 소설을 연재하면서 처음으로 노래란 걸 한번 만들어 볼까 하는 생각을 했던 것도 같다. 그 소설 서두의 어디쯤에 라이브 카페 장면이 나오고 거기서 첫 대면을 하는 주인공과 화자가 함께 귀를 기울이는 장면이 있었던 것이다. 미국에서 건너온 혼혈 여학생이 주인공인데 아버지의 땅에 처음으로 건너와 그 고독감에 어쩔 줄을 몰라 하고 있는 처지였다. 화자와는 펜팔로 한 해 남짓을 사귀어 오고 있었으나 현실로 부딪히는 한국은 그 이상으로 낯설었을 것이다.

빈 들판으로 바람이 가네 아아
빈 하늘로 별이 지네 아아……

카페 싱어가 부르는 그런 내용의 노래로 주인공의 심사를 대입시켜 보려 했을지 모른다. 아련한 연정이 싹트기 직전의 여학생 심리라고는 하지만, 사실은 이 땅의 여러 부조리와 질곡을 겪어 오면서 내가 평소 느끼고 있던 절망과 공허감을 대체시킨 것이다. 그걸 실감 나게 표현하려다 보니 노랫말까지 따로 만들어서 소설 장면 속에 삽입시켜야 했다.

이 노랫말이 멜로디를 얻은 것은 훨씬 후의 일이다. 1985년인가 무슨 문학상 받은 소설 하나를 누가 영화로 만들겠다기에 그 주제가가 될 만한 멜로디도 하나 더 만들어 볼까 하는 생각까지 하게 되었을 것이다. 물론 의뢰를 받은 것도 아니었다. 예의 그 주니어 잡지에 삽입했던 노랫말이 생각나고 만들어질 영화 속 주인공의 심사도 그것과 별로 다르지 않으리라 단정을 내렸던 것이다.

빈 바다로 달이 지네, 빈 산 위로 밤이 내리네 아아…… 어쩌고 흥얼거리던 멜로디를 녹음해 감독에게 들려줬더니 테마 곡으로 쓰겠다고 했다. 이장호의 필름 〈나그네는 길에서도 쉬지 않는다〉의 주제가가 된 '빈 들판'이란 노래는 그렇게 만들어졌다.

순전히 아마추어가 장난삼아 흥얼거린 즉흥곡에 지나지 않는다. 내게 멜로디 감각이 있다든가 무슨 그런 재능이 있다고 생각해 본 적도 없고 그 무렵 청춘들처럼 팝송 같은 것에 열광해 노래란 걸 유독 좋아했던 것 같지도 않다. 창조적인 뮤지션들이야 물론 위대하겠지만 모차르트나 어쩌다 귀에 들어왔을 뿐 그 밖의 교향곡이나 여러 음악들에도 별 관심이 없었다. 권태를 견디고 시간이라도 메우기 위해 가끔 음악실에 죽치고 있을 때도 있었지만 그뿐이었다. 그리고 나는 프로니 타고난 재능이니 하는 소리를 별로 믿지 않는다. 그런 독특하고 전문적인 일이 직업이 되고 생활 방편까지 되다 보면 비슷한 판박이 노래나 양산하는 매너리즘에 빠지기 일쑤리라는 생각 같은 것도 갖고 있었다. 사랑, 이별, 한(恨)에서 청승과 넋두리로 떨어지면서 값싼 한탄과 눈물이나 짜내는 이 땅의 저 수많은 뽕짝들을 보라.

그런데 1970년대에 들어와 성행하기 시작했던 포크 형식의 노래들은 그래서 나에겐 사뭇 신선한 충격으로 느껴졌을 것이다. 가사엔 허리를 펼 만한 뼈가 들어 있는 것도 같고 멜로디는 개성적이다. 단골 카페 친구들과 어쩌다 새터나 속초 같은 데로 야영을 가게 되면 모닥불을 피우고 놀게 되는데, 기타를 들고 오는 친구가 으레 한둘쯤 있어서 자주 노래판이 벌어지곤 했다. 김민기, 양희은, 송창식, 정태춘을 비롯해 수많은 포크송들이 거기서 단골 메뉴가 됐던 것은 당연하다.

"선생님, 환갑 기념으로 우리 CD나 한 장 만들어 나눠 가져요."

그 친구들의 좌장 격인 카페 주인이 그런 우스꽝스러운 제의를 해온 것은 또 그 얼마 뒤의 일이었다. 농담으로 여기다가 몇만 원씩 갹출까지 하고 있다는 것을 알고 발등에 불이 떨어진 것을 알았다. '빈 들판'이 영화 주제가로 쓰인 지 얼마 뒤에 가수 하남석 씨가 우연히 그 노래를 듣고 앨범에 넣어 다시 부르겠다고 연락을 해와 엉뚱한 용기를 얻었을지도 모른다(하남석의 마지막 앨범에 수록된 '빈 들판'은 그렇지만 템포가 느리고 너무 어깨에 힘이 들어가 좀 실망하긴 했다).

그렇게 갹출된 기금(?)이 100만 원 남짓. 그 무렵 CD 음반 한 장을 만들려면 2, 3천만 원이 들어간다는 것을 알고서 제발 그만두자고 거듭 말했지만 그건 염려 말라고 했다. 작은 녹음실을 갖고 있던 '동물원'의 멤버 U씨가 자기와 친구라 공짜 녹음을 허락받았다는 것이다.

노래가 될 만한 시를 고르느라 시집을 뒤적이면서 어이없어하던 기억이 새삼스럽다. 〈눈 오는 날〉, 〈어느 나무 아래서〉, 고교 때 썼던 〈청솔 그늘에 앉아〉와 시집에 들어가지 않았던 〈사월 비〉를 고르고, 미당(서정주) 선생의 시에서 〈노을〉과 〈꽃밭의 독백〉을, 그리고 양희은의 〈세노야〉를 새롭게 불러 보고 싶어 합세시켰다.

리듬감 때문에 시를 가사로 쓸 때는 대체로 몇 자 혹은 몇 행을 빼든가 고칠 수밖에 없는 경우가 더러 있다. 줄일 수밖에 없었던 내 자신의 시도 그렇고 미당 선생의 〈노을〉에서 '붉은 두 볼'이 '붉은 두 뺨'

으로, 〈꽃밭의 독백〉에서는 원시에 없는 랩용 가사 몇 줄이 더 들어가게 돼 따로 각주로 밝혔다.

노래를 만드는 재미는 그런 과정을 말하는 것인지도 모른다. 그렇게 고른 시가 열 편. 가수 조영남이 가져가 다시 불러 좀 더 알려진 '김영랑, 조두남, 모란, 동백'이란 노래는 멜로디가 먼저 만들어지고 순전히 그 때문에 새로 쓰게 된 시인데 나에게 이 노래는 따로 특별한 의미가 있다. 모란을 읊은 영랑의 대표작을 유난히 좋아했던데다 '선구자'의 조두남 선생이 전쟁 때 내가 초·중·고교를 다녔던 항도 M시로 피난 와 정착해 거기서 작고하셨던 것이다. 이분의 '또 한 송이의 나의 모란'이란 가곡을 들으면서 그 첫 멜로디가 너무 마음에 들어 영랑의 시까지 제풀에 모여들었을 것이다.

늘 무골호인의 웃음을 보이던 조두남 선생의 인상이 겹쳐 첫 멜로디를 예의 그 노래에서 딴 것도 찢어지게 가난한 이 나라에서 찢어지게 가난하게 살면서 예술로 일생을 보낸다는 것이 어떤 것인지를 깨닫고 송연해진 심사가 일으킨 일종의 오마주였다.

이 노래는 그사이 노래교실 지정곡 비슷하게 돼 여러 가객, 솔로 기악으로도 많이 불리고 있는 모양이지만 마음에 드는 것이 별로 없다.

기타 반주가 너무 크게 들어가긴 했으나 '도경'이란 아가씨가 서투르게 부른 것이 그나마 정감스러워 가끔 찾아 듣는다.

음반에 드는 경비는 대부분 녹음 비용 때문이라 알고 있지만(녹음실에 들어가면 가수들은 제풀에 긴장해 도리 없이 반음씩 옥타브가 올라가거나 내려가기 일쑤여서 수십 번을 되풀이해 부르고서야 겨우 한 곡을 얻는다고 하는데 아마 그 비용일 것이다) 리허설을 하고 말고 할 계제가 아니었다. 단골 카페에서 멋대로 날을 잡아 1998년인가 엉겁결에 첫 라이브 소동을 피우면서 함께 녹음을 땄고 모자라는 부분은 그 작은 개인 녹음실에 몰려가 단번에 처리를 했다. 열 평도 못 되는 카페에 주변 소극장에서 빌려 온 깔판을 놓고 150여 명의 관객이 떡을 치듯 바닥에 주저앉은 채 행사가 진행됐다. 이 악몽 같은 기억을 떠올릴 때마다 닭살이 돋는다. 좋았다느니 감동 먹었다느니 하는 소리를 더러 듣기도 했던 터라 더욱 그렇다. 글쟁이가 노래를 부른다는 것이 신기한 호기심을 일으켰던지 500장만 만들어 나눠 가지려던 것이 어느 출판사가 가져가 이듬해 시집과 함께 다시 출반됐다.

왜 노래를 만들고 싶어 하는가고 가끔 어리둥절한 상념에 사로잡힌다. 알다시피 노래의 시원(始原)은 춤이나 회화와 마찬가지로 광대무

변한 자연의 어마어마한 힘과 재해에 대한 공포거나 주술이고 그 방
어기제다. 혹은 그런 자연의 경이에 대한 예찬이고 흥취랄 수도 있
다. 벌집처럼 칸칸이 나뉘어 너와 나의 소통조차 안 이루어지는 현대
에 와서도 그 억누를 길 없는 본능은 엄연히 살아 있다는 것일까.

'요즘은 노래 안 만드세요?'라든가 '두 번째 새 노래 발표회는 언제
죠?' 하는 짓궂은 농담을 들을 때마다 본능적으로 내가 움찔하는 것
도 물론 그 때문이다. 자연에 대한 경외마저 거의 사라지고 없는 지
금, 죽음에 대한 공포라면 모를까 이제 나에게 저절로 멜로디가 흥
얼거려지는 기적 같은 일은 두 번 다시 찾아오지 않으리란 확신이
든다.

좋아하는 노래들

작가 송영이 휘파람 섞어 부르는 장 폴 마르티니의 '사랑의 기쁨'을 듣고 작가 아무개가 울어 버렸다는 얘기가 생각난다. 덩치도 크고 성격의 폭도 유달리 대범한 그 아무개를 큰 소리로 엉엉 울게 만들 정도였다면 송영의 노래 실력은 알아줘야겠지만, 만인이 애틋해하는 이 고전 멜로디의 힘도 거기 가세했을 것이다.

내로라 나서는 그 많은 소프라노들은 제쳐 놓고라도 나나 무스쿠리, 존 바이스, 재니스 이안 등 여러 팝 가객들이 부른 '사랑의 기쁨' 중에서는 마리안느 페이스풀의 것을 나는 가장 좋아한다. 사랑의 슬픔을 슬픔 그 자체로 솔직히 받아들이는 듯한 미덕이 그녀의 음색에서는 유감없이 스며 나와 그럴지 모른다. 마약과 섹스로 바닥을 뒹굴다 재기하기 전의 목소리지만 인정에 약하고 호기심에 경계가 없는 듯한 이 가수의 그런 인간적 측면이 목소리에도 배어 있어 그 슬픔의 깊이를 어렴풋이 짐작케 하는 것이다. 감정을 풀어 놓되 테크닉을 가미하지 않는…… 굳이 설명을 하자면 그쯤이나 될까. 요즘 모두들 아우성치는 '재즈'가 아직도 서먹서먹한 친근감밖에 내게 주지 못하는 것도 그 때문일지 모른다.

록이니 메탈이니 피가 역류하는 듯한 직선 멜로디보다 느리고 나른하고 가라앉은 곡선 멜로디가 구미에 당기기 시작한 것이 언제부터였는지 분명치가 않다. 정욕이란 것의 속성을 깨달으면서부터였을 텐데 아무리 강한 비트가 가슴을 찢어 놓더라도 직선 멜로디에서는 여운도 감동도 오래가지를 않는다. 거기 비하면 에밀 쿠스트리차의 필름 〈집시의 시간〉에 나오는 강상(江上) 축제 장면에 쓰인 고란 브레고비치의 집시 음악이나 '알람브라' '라르고' 같은 느린 멜로디의 음이 포용하는 공간은 얼마나 웅숭깊고 넓고 또 감동적인가.

1960년대 말이던가, '이루어질 수 없는 사랑' '아침 이슬' 등을 들고 나온 양희은의 라이브를 보러 진명여고 자리였던 효자동의 삼일당(三一堂)에 몰려갔던 일이 생각난다. 테이프로 이미 들은 그 청아한 목소리의 주인공이 작고 섬세하고 굉장히 예쁜 소녀겠거니 여기면서, 가로만 자리가 난 이층 난간에 다리들을 늘어뜨리고 앉아 있었는데, 비슷한 이미지의 찬조 출연자가 나온 다음에 정작 등장한 본인은 의외에도 크고 억세게 생긴 소녀였다. '세노야'란 노래는 아마 그래서 더 깊은 인상으로 남았을 것이다.

절창에 가까운 이 노래의 가사는 모 시인이 군산 인근 일본 뱃사람들의 뱃노래를 채집해 변용한 것으로 알고 있다. 가사도 그렇고 곡도 그렇고 이만한 수준의 대중가요란 아주 희귀한 예라고 지금도 생각한다. '기쁜 일이면 님에게 주고, 슬픈 일이면 내가 갖네' 하는 세 번째 행으로 이어지는 부분들이 특히 절창이다. 산이니 바다니 하는 단어들은 일상적이고 심상한 것이긴 하지만, 무어라 설명할 길 없이 절묘하게 맞물리는 그 앞뒤 연결 때문에 유현하고 심오한 맛까지 띤다. 배우고 어쩌고 한다기보다 그냥 왔다 싶은 느낌 때문에 저절로 익혀졌을 것이다. 악보를 보다가 그것이 외국 곡인 것을 알고 좀 실망하긴 했지만, 그렇다고 노래의 광채가 스러질 리가 없다. 대체 어떤 서양 작곡자의 가슴에 고답적인 우리 정서를 절묘하게 빼낸 이런 멜로디가 흐르고 있었는지 기묘한 느낌이었다.

그런데 최근에서야 이 노래가 실은 우리 곡인 것을 알고 또 한 번 놀랐다. 모 음대 교수가 이걸 만들고 가요 작곡이 세상에 알려지면(아마 직장인 음대에서겠지만) 여러 가지 불리와 구설수에 오를 것 같아 이름을 숨겨 버렸다는 것이다. 소문이라 정확한 진상은 몰라도, 어안이 벙벙할 일이다. 명문 대학이라는 것의 웃음밖에 나오지 않는 그 콧대라는 것도 그렇고 TV, 라디오 등에 그동안 이 노래가 오르내린 횟수와 그 저작료 같은 것에 생각이 미쳐도 그렇고, 숨겨서 자존심 설 것이 따로 있지 이것은 창작물이 아닌가. 한번 만들어진 작품에는 그 어떤 변명도 먹혀들지 않는다.

양희은의 히트넘버라면 아무래도 '이루어질 수 없는 사랑'이 선두겠으나 정말로 외국 곡인 이 노래는 정감이 농익은 반면 어딘가 징징 우는 듯한 느낌이 있다. 이런 느낌은 어떤 때는 살살 녹듯이 감미롭다가도 듣는 감정 상태에 따라서는 어쩐지 팬티바람이 된 듯한 계면쩍은 기분을 일으킬 때가 있다. 거기 비해 '세노야'의 단단함은 가히 발군의 것이다.

이 노래를 정식으로 배우기 시작한 것은 싸구려 기타 하나를 사서 몇 년씩이나 장식삼아 그냥 벽에 걸어 놓고만 있다가 기본 코드 두어 개를 익히면서였는데, 상당히 까다로웠다. G마이너로도 되는 곡이었으나 맛을 내기가 어려웠다. 가사의 변용이 계속 이어질 수도 있어 두말없이 18번 곡이 되었지만, 양희은만큼 감칠맛을 내면서 이 노래를 부르는 가수를 아직 모르고 있다.

조동진의 '나뭇잎 사이로' 역시 시의 수준에 가까운 가사 때문에 대뜸 매료되었던 곡이다. 대충 1970년대 초쯤의 작품이라고 알고 있지만 도리 없는 젊음이나 이성에 대한 그 세대들의 감정이나 감상이 이만큼 단아한 격을 갖추고 호흡을 가라앉힌 노래도 드물다. '파란 가로등' '너의 야윈 얼굴' 어쩌고 하는 대목은 좀 얇고 섬약한 느낌을 주긴 해도 수일하고 조요로운 흥취 쪽이 더 압도적이다. 조동진의 노래를 좋아하는 이들은 사실은 소년, 소녀들뿐만이 아니라 때로 시집도 들추고 제대로 된 소설 같은 것도 읽곤 하면서 감수성 무디어지는 것을 무엇보다 겁내는 30, 40대의 어른들일 것도 같은데, 그의 '진눈깨비' 같은 것을 듣고 있으면 그런 정경이 저절로 떠오른다. 음유시인이란 명칭이 제일 잘 어울리는 가수다.

이 노래는 제대로 된 반주가 아니면 맛이 반감된다. 누가 이 노래를 부르라고 하면 그 까다로운 반주 코드 때문에 얼렁뚱땅 넘어가곤 하다가 가끔 들르는 카페의 늘 술에 젖어 있는 기타리스트 친구에게 대충이나마 제대로 코드를 배우긴 했지만 까다롭기는 마찬가지다. 어쩌다 그가 부드러운 반주라도 넣어 줄 때면 거칠고 쇳내 나는 목청이 또 도저히 따라갈 수가 없어 야코가 죽을 수밖에 없다. 그렇거나 말거나 이 노래는 내 리스트에서 아마 오래도록 생명을 지니고 살아가리라. '어둠은 벌써 밀려왔나 거리엔 어느새 정다운 불빛' 하는 대목을 특히 나는 좋아한다.

넋을 놓고 거리를 걷다가 어디선가 들려오는 절창의 노래 하나를 맞닥뜨리는 기분이란 뭐라 말할 수 없는 그런 것이다. 정신이 번쩍 든다고 할까, 길을 잃고 헤매던 어스름 산속에서 문득 오솔길 하나를 찾아낸 기쁨 같은 것이라고나 할까. '제비꽃'도 무심히만 들어오다가 최근에서야 새삼 다시 듣게 된 그런 절창 중의 하나다. 이 노래는 알다시피 원래 조동진의 것이다. 예의 '나뭇잎 사이로'가 수록된 그의 첫 음반에서 이따금 귀에 담으면서 좋은 노래로만 여기다가 맛을 바꾼 장필순의 목소리에 부딪친 셈이다.

'내가 처음 너를 만났을 땐 너는 작은 소녀였고 머리엔 제비꽃……' 운운하며 이어지는 가사에서도 보이듯이 소녀라기보다 한 여자의 성장 과정을 읊조리고 있는 멜로디로 조동진의 목소리에서는 그야말로 오빠 같은 남자가 손아래 누이동생이거나 가냘픈 연인을 조용히 지켜보면서 안쓰러워하는 그런 맛이 주조를 이룬다. 솔로로 독립하고 많은 음반을 냈으면서도 장필순은 조동진 콘서트에는 반드시 모습을 드러내고 듀엣을 하든가 코러스를 돕는 것을 보아오고 있지만, 이런 아름다운 동반의 모습도 요즘은 좀처럼 보기 힘들다. 아마도 그런 관계가 이 노래를 얻고 다시 부르게 만들었을 것이다.

장필순의 목소리는 허스키하다. 같은 허스키라고 해도 온갖 종류의 저음이 있고 그 전달하는 맛도 천차만별이지만, 그녀의 것은 무어라 꼬집어 말할 수 없는 그런 것이다. 이를테면 김현식이나 전인권의 쥐어짜는 듯한 목소리에서는 변두리 부랑자의 살짝 간 고독의 맛이 십분 배어난다. 한영애나 이소라의 음색에서는 옹고집과 열정이 뒤엉긴 비빔밥의 그 들뜬 듯한 맛 같은 것이 묻어나고, '장미'를 부른 베트 미들러의 목소리는 거기다 소스와 버터까지 버무린 듯한 느낌을 준다. 배우 셜리 매클레인이나 데브라 윙거의 허스키는 섹시하다.

장필순의 음색은 왕년의 주디 콜린스를 바로 연상시킬 정도로 어딘가 화사한 느낌이 있지만 물론 톤이 다르다. 기묘한 허스키인 것이다. 야행성 체질로 그녀가 불면증에 시달린다는 소리를 어디선가 들었던 것도 같은데, 사실이라면 그 때문에 그런 톤이 착상되었을지도 모른다. 그런 불가사의한 음색이 전하는 그녀의 '제비꽃'에는 모든 남성적인 것을 제외시켜 버리고 그야말로 여자가 여자를 향해서

만 나직이 읊조리는 의초롭고 고독한 그 무엇이 서려 있다. 고집스럽지도 격정적이지도 않고, 풀잎처럼 연약하면서도 어딘가 단호한 그런 맛이다. 누가 보아주지 않더라도 홀로 피어 홀로 지는 한 송이 들꽃……. 굳이 설명하자면 그쯤의 단호함이거나 당당함일 텐데, 아마도 이런 소슬한 고독감이 이 노래를 쉽사리 잊지 못하게 만들고 있을지 모른다. 때가 묻은 테크닉으로는 절대로 얻을 수가 없는 효과다. 가사가 비로소 임자를 만난 것이다.

왜 노래를 좋아하는가고 따지는 일은 어리석다. 좋아할 정도면 됐지 어째서 수퉁맞게 그 흉내까지 내느냐고 시비를 걸면 할 말이 있을 리 없지만, 솔직히 나는 스트레스 때문에 되든 안 되든 가끔 노래를 불러 본다. 원고가 막히고, 싼 원고료에 울화통이 치밀고, 산다는 일이 지랄 같게만 여겨지고 이도저도 지겨워 미친 듯한 기분이라도 들 때면 가만 앉아 배길 수가 없는 것이다. 심술도 오기도 도저히 통하지 않는 세상에, 이를테면 장님이 지팡이를 더듬듯 제풀에 터득한 스트레스 방편일 것이다. 온갖 소외감이 노래 한 자락으로 능히 뚫린다는 소리가 아니다. 그러나 백 마디 말의 지혜보다 작은 멜로디 한 자락이 더욱 효과 있고 지혜롭다는 것은 귀 가진 사람이면 저절로 터득하게 되는 진실이다. 그리고 모든 노래의 근원이 침묵이라는 것도 모두가 알고 있다. 그것이 가망 없기 때문에 사실은 그 상대적인 짓거리를 흉내라도 내는 것이 아니겠는가.

대중이라는 늪, 혹은 스타

1960년 구정 전전날 서울역 호남선 개찰구가 열리자 서로 먼저 기차를 타려고 밀고 나가다 계단에서 연쇄적으로 넘어지면서 30명이 동족의 발에 짓밟혀 죽고 40명 이상이 부상을 입었다. 2002년 한일 월드컵 때는 축구공 하나에 200만이 시청 앞 광장에 몰려 붉은 재킷을 휘두르며 축구를 세계 4위로 끌어올려 놓았다. 대중이라는 늪이 만들어 내는 극단적인 빛과 그늘의 한 예다. 더 무겁고 어이없는 예는 1960년에 일어난 4·19혁명과 그 물거품일 것이다.

늪은 뻘과 거머리와 열광과 광기라는 성분의 반죽으로 이루어진다. 그리고 결과물로 스타 혹은 영웅이라는 돌연변이들을 만들어 낸다. 이 괴물이 만들어지는 과정을 보여 주는 영화들이 있다. 브로드웨이 무대 이면을 까발리는 조지프 L. 맨키비츠의 〈이브의 모든 것〉, 스타의 말로를 보여 주는 빌리 와일더의 〈선셋 대로〉.

〈선셋 대로〉의 주인공 노마는 무성 영화 시대의 대스타다. 토키 영화 시대가 오자 쭈그리고 주눅들어 있던 그늘에서 왕년의 영광을 되찾으려고 젊은 시나리오 작가를 필사적으로 유혹한다. 발판이 될 그 유혹이 여의치 않자 결국 죽이고 마는데 그때까지도 미련을 떨치지 못한 채 정신병원으로 실려 가면서도 그것이 자신이 주연하는 영화의 한 신이라 착각하고 메이크업된 거만한 얼굴을 클로즈업시키며 밀고 나온다. 그 라스트 신은 압권이다.

스타가 되면 피부는 윤기 도는 플라스틱으로 서서히 변질하고 내장은 바깥 상황에 민감하게 반응하는 계기판과 칩으로 채워진다. 그리고 자연스럽고 순리적이었던 모든 것들이 허물처럼 떨어져 나간다. 이런 견해는 다분히 선입견도 개입돼 있겠지만 주변에서 일어나고 보이는 실상이 그렇다. 미스코리아가 조금도 아름다워 보이지 않고 김희선이 예쁘다고 생각되지 않고 박세리의 이름은 벌써 까마득히 잊어먹었다.

열광과 광기는 내 속에 잠복해 있던 열등감 때문에 만들어진다. 그토록 열광했던 할리우드 모조품 〈쉬리〉를 기억하는 영화 마니아가 지금 몇이나 될까. 김치를 담그면 먹어 보라고, 게장을 담갔으니 놀러 오라고 수시로 부르고 오가던 다정한 친구들도 어느새 멀어진다. 스타의 일상은 일거수일투족이 매스미디어에 노출돼 추적을 당하므

로 정해진 스케줄과 패턴밖에 못 따르고 종내는 손가락 하나 마음대로 움직일 수가 없게 된다. 스타가 추구할 수밖에 없는 것은 결국 돈과 명성일 것이다. 돈이야 이런 저질 자본사회에서는 아직도 꽃 대접을 받겠지만 명성은 글쎄, 바라크 구조로 진행되는 과도사회의 명성이란 조만간 허명으로 드러나 와르르 와해되고 마는 게 아닌가.

그 정체와 본색을 잘 알면서도 오늘도 나는 스타를 꿈꾸며 로또를 사 본다. 욕을 먹든 손가락질을 당하든 박근혜 대통령 같은 스타라도 한 번 되어 보려고.

충무로는 없다

충무로는 이미 없다 지하철 충무로역이 충무로다

그만큼 깊고 까마득하다 강남에서 내려야 할 것을

나는 남부터미널역에서 내려 버렸다 계집애 아랫도리를

생각하고 있었기 때문이다 역주행을 해야 하는데

체크카드가 말을 듣지 않는다 통과문 철책 위에서

째지는 소리와 용접용 불꽃 같은 것이 튄다

절도로 자인하고 뛰어넘어 버릴까 어머니는 에스컬레이터를

타지 못했다 제자리에서 헛발질만 해댔다 〈프렌치 커넥션〉*의

악당처럼 바닥에 꼬나 박혀 권총 풀린 손으로

나는 계단 꼭대기를 바라본다 어머니 소천한 날짜를 나는 모른다

너도 모른다 그도 모른다 에스컬레이터 바닥에 귀신의 얼굴이

잠겨 내려온다 영국 아카데미 문학 강연 석상의 아이리시 머독처럼

*윌리엄 프리드킨의 1971년 영화.

나는 말을 잃어버린다 아무리 입술을 달싹여도

에스컬레이터는 에스컬레이터의 무덤에 매몰되고

나는 나의 무덤에 매몰된다.

누드

'눈에 보이는 모든 것은 판타지, 보이지 않는 것이 사실은 실제 현실' 이라는 내 생각의 경계를 넘어서지 못하게 하는 것들이 있다. 누드도 그 하나인데 그 때문인지 모델을 세워 놓고 누드를 그려 본 적이 없 다. 경계를 넘어서지 못하리라는 공포 때문이다.

2학년 때 누드 크로키로 들어가던 미술학교 시절에도 정면으로 모델 을 바라봤던 것 같지가 않다. 딴 녀석들은 잘도 들여다보더라만.

작은 무쇠 항아리에 갈탄 불을 피워 놓고 오들오들 떨고 있는 모델을 힐끔거리는 자신의 옹졸함에 화가 나기도 했고 조만간 무관해진 모 델이 벗은 채 아이들과 뛰어다니며 장난을 칠 때도 해괴한 느낌이 지 배적이었다. 일순 백 촉짜리 전등이 켜진 듯한 착시도 아마 그런 사 정들 때문이었을 것이다. 맹목적인 크리스천이었던 어머니의 영향 인지 누구 때문이었는지 모르겠다.

피카소는 모르지만 에곤 실레나 클림트의 누드들은 모두가 제 연인 들이었다. 실레는 미성년자 풍기문란 사범으로 수없이 유치장을 드

나들어 치한 취급을 당했던 걸로 알고 있다. 남편이 구경 올 때는 옷을 입힌 그림을 내놨다가 가고 나면 〈나체의 마하〉를 그렸던 고야의 의뭉스러움도 실소를 자아낸다. 최정희 선생의 글이었던가, 모델을 그리는 남편 화실 곁 주방에서 음식을 만들며 부들부들 가슴을 떠는 주부 얘기를 읽은 적이 있는데 연애지상주의가 풍미하던 일제 신여성 사절에도 이 정도였다면 이 불가사의한 상황이 쉬이 짐작 갈 법도 하다.

달리는 여자가 아름답다

아름답다는 것에 대한 생각이 언제부터인지 많이 달라져 있다. 전에는 고운 것, 섬세한 것, 보다 복잡하고 정교하게 짜여진 사물이 돋보이더니 지금은 거친 것, 단순한 것, 기교를 덜 부린 것들이 훨씬 좋아 보인다. 날씬한 아가씨보다는 제대로 살을 붙인 좀 투실투실한 여인이 더 친근하게 느껴지고, 세련된 것보다는 투박하더라도 원형 그대로인 것이 더 대견하다. 조미료 친 음식보다는 생짜 먹거리가 더 절실한 격이랄까. 생선 같은 것도 그냥 구워서 소금 정도나 뿌리고 먹는 것이 맛있지 튀기거나 뭘 입히게 되면 벌써 한풀 맛이 꺾인 것처럼 느껴지는 것이다. 나이를 먹었다는 증좌일지도 모른다.

앉아 있는 사람보다는 서 있는 사람이, 서 있는 사람보다는 걷는 사람이 더 예쁘다고까지 한다면 하긴 이건 좀 애매한 비유이기는 하다. 나무 밑에 털퍽 주저앉아 쉬고 있는 박수근의 아낙들은 그대로 또 얼마나 아름다운가. 하지만 그의 그림들 중에서도 함지박 이고 바람을 일으키며 나무 아래서 막 걸음을 내딛고 있는 아낙의 모습이 더 신나

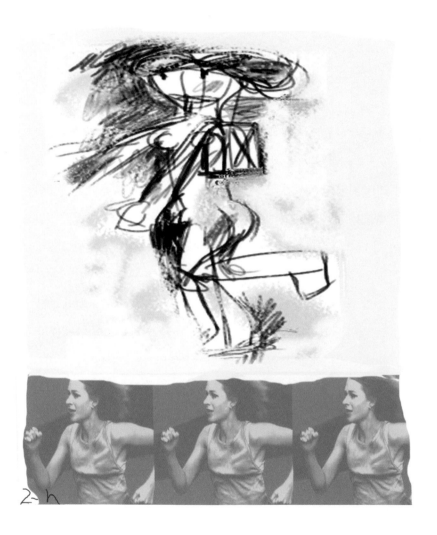

보이는 것이다.

톰 티크베어의 영화 〈롤라 런〉에는 마피아의 심부름을 가다가 전철에서 돈가방을 잃어버리고 죽을상인 애인을 위해 필사적으로 뛰는 여자가 나온다. 20분 안에 10만 마르크를 마련하지 못하면 애인의 목숨이 풍전등화다. 눈곱만큼 차이가 나는 출발 시차 때문에 인간의 운명이 천양지판으로 달라진다는 것을 세 가지 에피소드로 재조립해 보여 주는 재미있는 영화인데, 정작 감동을 받는 것은 시공간에 대한 감독의 그런 키치적 철학이 아니라 세 에피소드에 걸쳐 죽자사자 달리는 여자의 모습에서다. 유치한 빨간 머리 염색을 하고 별 곱게 생기지도 않은 롤라의 모습이 그처럼이나 아름다운 것이다. 자세히 보면 롤라뿐 아니라 허덕대며 뛰는 모든 여자들의 등에도 이상한 상자들이 하나씩 매달려 기묘한 방울 소리를 내고 있다는 것을 알 수 있다. 눈에 보이지는 않아도 나는 이것이야말로 여성의 블랙박스, 즉 그 정체성이란 확신이 든다.

여성의 안과 밖

나는 천성적으로 남자보다는 여자를 더 좋아하고 더 존경하고 더 숭배한다. 그러니 남자보다는 여자와 얘기하는 쪽이 훨씬 편하다. 도리 없이 내가 남자로 태어났기 때문일 것이다.

그런데 오드리 헵번의 이름이 가끔 생각나지 않는다. 기억력 감퇴 때문인가 혹시 치매기가 아닌가 싶어 머리를 갸웃거려 본 적도 있지만 아닌 것 같다. 그리고 이건 장동건과 정우성을 구분 못하고 이효리와 김태희를 전혀 구별 못하는 아둔함과는 어쩐지 차원이 좀 다른 사태인 것도 같다.

대표작의 하나인 〈로마의 휴일〉에서 헵번의 부창부수는 찰싹 소리가 들릴 정도로 절묘하다. 영원한 연인상, 뭐 그쯤의 평가에도 이의가 없고 남편이었던 멜 페러가 죽고 나서야 재혼(했던가?)할 생각을 했던 처신이나 나이 들어서는 불우한 아프리카 아이들을 위해 임종 때까지도 일관했던 헌신이나, 미모가 한물갔다고 깨닫자 스위스 오지에 아예 흔적 없이 숨어 버린 무성 영화와 토키 시대의 톱 헤로인이었던 그레타 가르보와는 격이 전혀 다른데, 이상한 일이다.

완강하게 어른이 되지 않으려 했던 소녀, 어른이 되고 나서도 수컷에의 갈망을 티끌만치도 얼굴에 내비치지 않으려 했던 배우…… 구태여 따지자면 그런 인상 때문이 아니었을까. 섹시하지 않다는 소린데 섹시하다는 소리가 왜 하필 그런 의미일까 보냐고 대드는 기척이 벌써 들리는 것도 같다.

어쨌든 비속한 느낌이 전혀 없거나 허점이 조금도 안 보이는 여성에게 남자는 전혀 매력을 느끼지 못한다. 남자의 원래 속성이 비속하고 허점투성이기 때문일 것이다. 아름답고 지적이고 조신한 여성 페친이 가끔 뜬금없이 방귀를 자주 뀐다는 포스팅을 하거나, 시인 류근이 기를 쓰고 삼류 트로트 통속시인 행세를 하려드는 것도 다 그 때문이리라. 머리끄덩이 서로 움켜쥐고 대로 복판에서 소리소리 악쓰며 뒹굴다가도 언제 그랬느냐는 듯 다음 날 얼싸안고 히히거리는 남녀가 실은 가장 이상적인 찰떡 커플일지 모른다.

인상파에 들어서면서까지도 서양 미술에서는 단독으로 섹시함을 내뿜는 여인상이 거의 없다. 중세나 낭만파 시대 때는 몸매는 풍만하면서도 주인공이 대개 여러 엑스트라 인물들을 지나치게 배치받아 풍

요한 육체의 따뜻한 탄력을 감춰 버리고 더러 혼자 포즈를 잡았더라도 모자나 요란한 장식품을 늘어뜨리고 있어 드러내야 할 효과가 반감된다. 고야의 〈나체의 마하〉는 선정성이 너무 CF적이어서 눈이 머물다가도 곧 비껴간다. 마네와 르누아르에 오면 주제에 초점을 둔다는 것이 안락하고 평화롭게 보이도록 그려야 한다는 화가의 집념 때문인지 꽃병이니 베란다니 하는 장치가 많아 조금도 섹시하다는 느낌이 없다. 반 동겐이나 모딜리아니에 와서야 섹시함은 성적인 그것과 동일한 수준으로 빛을 발하지만 동겐은 파우더 냄새를 너무 풍기고 모딜리아니는 애처로울 정도로 너무 말라 있다. 마이욜의 〈지중해〉 시리즈에 이르러서야 그 섹시함은 모든 요소를 포용하면서 종합적인 구현이 되는 것도 같지만 그의 작품은 조각이다. 움직이지 않는다.

전혁림의 여인들은 술청에서나 풍길 법한 쉰내가 너무 강하고 권옥연의 여인들은 토기 빛 피부로 웅숭깊게 가라앉아 있기는 하지만 왠지 강남 여피족의 허영처럼 기름지고 느끼하기만 하다.

미야자키 신은 종전 후 포로로 시베리아에 끌려갔다가 살아 돌아와 본격적으로 그림을 시작한 일본 화가다. 유년에 겪은 굶주림 때문인지 일본이 미워서 치를 떨다가도 그의 그림 앞에만 오면 힘이 풀려 버린다. 인간에 대한 애증과 연민으로 최근 그가 몸부림치듯이 비정형의 오브제 작품들로 옮겨 가기 전 구원을 갈구하며 그려 온 여인상 시리즈에 나는 자주 전율한다. 우리가 알 수 있는 여성의 안과 밖의 진실이란 실상 '나 어때요?' 하고 들이미는 얼굴과 벗었다 한들 스핑크스처럼 등짝이나 간신히 보여 주는 신비한 존재가 아니겠는가.

유랑화가 한상애

우리 현대 미술에는 초현실주의를 표방하는 작품이나 작가가 거의 없다. 표현파나 초현실파를 아우르는 듯한 박생광의 샤머니즘적 경향이 거의 유일하달까(문학 쪽에는 의외로 다다이즘을 이식한 이상과 그 맥을 잇는 흐름이 있다). 회화 쪽에서 서구의 그 주의 주장과 이론을 이쪽에 제대로 접목, 토착시키지 못한 원인이라면 초현실보다 더 각박하고 혼란스러운 우리 현실과 역사 탓도 물론 있었을 것이다.

1999년인가 평창동 3층에 이사 와 살던 극작가 주찬옥 씨가 유럽 여행길에 인연이 생겨 소개하고 초청해 와 이쪽에서 개인전까지 성사가 됐던 한상애 씨는 내가 알기로도 그 접목 토착을 가장 성공적으로 형상화하고 있는 화가로 보였다. 아마도 유서 있는 집안에서 태어나 일제를 거치며 몰락해 동남아로 유럽으로 떠돌던 집안 사정으로 유랑이 생리와 이력과 극기와 의지력이 돼 그런 괄목할 만한 작품들이 나올 수 있었던 것도 같다.

최근 소식이래야 7, 8년 전쯤이 되지만, 지금은 미국 쪽을 떠돌며 그

한상애, 〈무(無) – 어둠 속으로〉, 캔버스에 유채, F30

림을 그리고 있다고 했다. 베이비시터, 간호사 보조, 그 밖에도 온갖
알바 일을 하며 물감 살 돈을 벌고 나머지 시간은 그림에 전력투구하
고 있는 이 할머니 화가. 유랑이라는 그녀의 혼과 생리가 이 가을엔
더욱 사무친다.

임동은의 일러스트

《천변풍경》,《소설가 구보씨의 일일》 등의 대표작을 남긴 구보 박태원의 차남 박재영 씨가 아버지의 자료들을 모으는 와중에 기적적으로 다시 접한 임동은의 일러스트들. 해방 직후부터 전쟁이 나던 해 (1950) 사이에 시인 정지용, 이원수 등의 주재로 이쪽에서 발행되던 어린이 잡지 〈소년〉, 〈소학생〉, 〈어린이 나라〉 등에서 김용환, 김의환, 정현웅 등과 함께 활약했던 일러스트레이터 임동은은 전쟁이 나자 미처 피난을 못 가고 서울에 남아 있다 9 · 28 수복 후 부역 혐의로 걸려들어 참살됐다. 인민군의 '미술가 동맹'에 끌려 나가 포스터 따위를 그려야 했던 사람들, 김기창을 비롯해 내로라하는 일선 작가, 시인, 화가 들이 대부분 풀려난 반면 돈 없고 백 없었던 임동은이 대신 희생양이 됐던 셈이다.

인간 백정들에게 손가락이 모두 꺾여 참살당하는 그 과정은 나의 졸작 단편 〈비원(秘苑)〉에 그대로 묘사돼 있다. 일러스트레이터들 사이에 '신(神)의 선(線)'이라고까지 높은 평가를 받던 임동은은 그때까지

도 미혼이었다.

그의 선들을 보면 지금의 일러스트들이 그때보다 한 걸음도 앞으로 나가지 못하고 일본의 아류 잔재 수준에만 머물고 있다는 것을 깨닫게 된다. 하긴 문광부 장관을 지냈던 사람이 민비 시해를 낮은 담장 탓으로 떠들고 있는 판이니 이 나라의 지금 문화 수준도 그 정도가 기껏일 것이다. 부엌 아궁이 앞에서 백자 그릇을 예사로 굴리던 선조들이 알면 통곡할 일이다.

[4장]

누가 소설을 못 쓰게 하는가

누가 소설을 못 쓰게 하는가

― 월간 〈H〉지 연재 소설 중단 소동

연말로 접어드는 동짓달 초두 아침부터 날벼락을 맞는다.

새해부터 〈H〉지에 연재하기로 한 소설이 컷당한 것이다. 에세이 연재를 소설 연재로 바꿀 때 정치 얘기는 피해 달라는 주문이어서 '그런 얘기 아녜요. 쓴 적도 없고. 선교사 얘기예요'라고 편집 대행인 작가 K씨에게 해명까지 했는데 그 꺼림칙하던 느낌이 주간선에서 폭발을 불러왔던 것 같다.

"도대체 왜 그런데요?"라고 물었더니 위에서는 '현대 소설을 바란다. 미래…… 지향적인……' 뭐라고 우물쭈물하면서 몹시 미안해했다.

"이거 진행형인 현대가 배경인데요. 안 읽어 보셨어요?" 하다가 얼떨떨해서 입을 다물었다. 100여 매 써서 넘긴 1회분 배경에 '박정희 유신'과 '87년 6월 항쟁'이라는 시대 배경을 서술하는 단어 두 개가 들어간 것을 깨달았던 것이다.

〈일어나라, 삼손〉은 '시인 도시'라는 첫 챕터 구성으로 전개되는, 한국으로 귀화한 어느 선교사의 얘기다. 이 후진 나라에 왜 그가 귀화까지 할 수밖에 없었는가를 따지면서 미국이란 나라가 우리에게 대체 무엇인가라는 문제까지 짚어 볼 요량이었는데 설마 진행 중이고 미지수인 이런 주제까지 주간이 넘겨다 봤다고는 생각되지 않는다. '박근혜 대통령 수필 게재 여파'로 이 잡지가 엘러지 착종 비슷한 상태에 빠져 있다는 짐작은 갔지만 이건 그런 문제가 아닌 것 같다. 소설의 표현력이나 형상력 미달로 이런 사태가 일어났다면 충분히 이해하고 물러날 수 있어도 이건 그게 아니라는 심증부터 짚인다.

〈H〉지는 작가 오영수 선생이 편집장으로 시인 김수영의 매제인 K씨가 편집을 맡았던 1950년대 창간 초창기부터 쭉 지켜봤던 유수한 문예지다. 이 잡지를 통해 시인으로 등단했고 그 뒤 숱한 부침과 곡절을 겪는 와중에도 중심 방향이나 편집 정신만은 믿음이 갔고 믿어 왔었다. 선배들의 문협 이사장 선거 행태에 환멸을 느껴 이 잡지가 주는 1974년도 문학상을 거절한 적이 있었는데 그 보복을 이제서야 당하는 것인가 하고 보니 그것도 아닌 것 같다. 발행처의 배경인 D교과서나 그 며느리인 주간의 처지로 보면 보수적 경향을 띨 수밖에 없는 사정이고 그것도 이해야 가지만 문학이나 문예지의 지평은 그런 경향에 예속될 수 없고 계속되어서도 안 된다. 혼의 자유라는 테제가 중심이 되지 못한다면 문학도 문예지도 한낱 남루한 패션으로 전락하고 만다. 이쪽에서야 올가미나 벗어던지고 하다못해 절필 쇼 같은 거라도 하면 그만이겠지만 이 유장한 잡지가 정말로 나락으로 곤두박이는가 싶은 우려마저 자아내 우울하기 짝이 없다.

예의 〈H〉지 연재 중단 문제를 두고 〈시사in〉에서 기자가 왔길래 경위를 다시 한 번 설명을 했는데 잡지사측에도 문의를 해봤던 모양이다. 연재 결정을 해놓고 원고가 오자 왜 차단을 했느냐니까 '미래지향적인 현대 소설을 원한다. 정치적인 소재를 피하고 명랑하고 밝고 따뜻한 소설' 뭐 그런 대답을 또 들었다고 한다. 그러면서 잡지에 신고 안 신고는 '주간의 재량'임을 강조했다고 했다.

책 내달라고 임의로 보낸 원고라면 내용을 검토한 주간이 출판사 사정이나 수지타산을 따져 얼마든지 그럴 수도 있고 또 흔한 관행이기도 하다. 그러려면 처음부터 승낙도 결정도 말았어야 한다. 이게 뭥미? 하고 보니 '미래지향적인'이라는 말이 우선 눈에 띈다. 정치권이나 우국 강연회 같은 데서 자주 비어져 나오던 소리다. 앞으로 어떻게 전개될지 작자도 모르는 1회분 원고를 가지고 미래지향적인 소설이 아니라고 예단을 하고 그러니 밝고 명랑한 현대 소설도 못 되리라고 미리 속단을 내린 것이다.

내로라하는 국문과 출신 비평가가 국문학자를 소설에 등장시켰다고 '작자가 비비 꼬여서' 어쩌고 하는 악평을 한 월평을 읽고 신뢰를 접은 적은 있지만 이런 해괴한 경우는 또 처음이다. 그 비평가는 그동안 이쪽 소설을 꾸준히 추어올리던 사람이라 배신감 비슷한 감정까지 느끼면서 관심을 접을 수도 있었지만 이번 일은 완전히 성격 파탄자의 수준 같다.

'87년 6월 항쟁', '박정희 유신'이라는 단어가 들어가지 않았더라면, 소설의 배경이 되는 어느 지방 도시를 서술하는 대목에서 '친일 문제가 또 불거져 나왔다' 같은 글귀가 들어가지 않았더라면 이번 사태가 일어났을까 하는 의문을 떠올리고 보니 또 입을 다물 수가 없다.

가뜩이나 '공안 정치'니 '유신 회귀'니 하는 소리들이 한쪽에서 들려오는 판에 미리 옷들을 홀딱 벗고 이런 추운 날에 바닷가에 엎드려 '미래지향적이지 못하고 밝고 건강하지 못한 시나 소설은 절대 쓰지 않겠습니다'라고 읍소 맹세하는 심약한 사이비 시인 작가들의 모습들까지 겹치는 것을 보면 나도 정상적인 정신 상태는 아닌 것 같다. 내가 정말로 화가 나는 것은 속으로 존경하고 그러지 않으리라 믿고

좋아했던 편집위원이란 사람들의 무사안일에 빌붙는 그 타기할 태도들이다. 문학도 자유도 지켜 내지 못할 양이면 쥐꼬리만 한 거마비 때문에 그 편집위원 직을 황공히 받들어 뫼시었다는 소리 아닌가. 이 나라의 학술원이니 예술원이니 하는 데는 어떤가 하고 또 열이 끓어오른다.

비토당한 연재소설 포스팅 후에 여기저기서 불거진 새로운 뉴스들 중에는 작가 정찬과 서정인의 중단 사례도 들어 있다.

서정인은 내가 가장 좋아하고 신뢰하는 작가 중 하나다. 〈후송〉, 〈강〉, 〈남문통〉을 비롯한 그의 여러 소설이 보이는 탄탄한 구성과 격조, 중후한 문장을 대하면 그가 인문대 학장까지 지낸 영문학자였다는 경력으로서가 아니라 옛 '산문시대' 동인들 중에서도 평론가 김현과 함께 가장 어른스럽고 의연한 인품의 작가였다.

그뿐 아니라 60여 년 동안 〈H〉지 지면을 통해 이 땅의 시인과 작가들이 쌓아올린 정신의 질량과 높이는 누가 없애겠다고 해서 말살될 유산도 아니고 세속의 욕망과 정치권력이 섣불리 무너뜨릴 수 있는 그런 탑도 아니다. 이 잡지의 운영진이 잠깐 사적 욕심에 눈이 흐려 이런 사태가 야기됐다 하더라도 이 잡지가 무너지기를 바라지 않는다.

인간은 원래 돈과 권력, 특히 정치적 권력에 취약하다. 1982년 무렵인가 전두환 정권이 문인들의 비판 정신을 좀 무디게 할 요량이었는지 400, 500명을 10명씩 조를 짜 보름 남짓씩 유럽 여행을 종용했을 때는 이념권이고 어디고 두어 사람만 거절을 했지 모두들 좋아라 응했던 걸로 알고 있다. 특히 이승만 정권 때의 여성 문인들은 더 취약했다. 유엔 대사로 발탁되자 감읍해 충복이 된 시인도 있고 청와대 만찬이나 잔치 같은 데 초대라도 받으면 마치 하늘의 부름이라도 받은 듯 흥분해서 자랑질을 하고 다녔다. 거기 응하지 않으면 문광부 차관인지 비서진인지로부터 점잖은 전화가 걸려 왔다.

"좋은 일인데 참석하시지요."

이런 짧은 권유의 외설스러운 공포는 겪은 사람이나 안다.

O 예의 연재 중단 소동 파장이 번져 가자 70여 명의 젊은 작가들이
   권력 집단에 아부하는 〈H〉지를 성토하는 성명서를 냈고 기고,
   집필 거부 의사를 밝히는 작가들이 잇따랐으며 한 시인과 평론
   가가 이 문예지가 주관하는 올해 문학상 수상을 반려했다. 조만
   간 나와 기왕에 연재를 중단당했던 작가 정찬, 서정인 씨에게도

잡지사측으로부터 사과 전화와 이메일이 왔고 차후 편집진이 교체된 걸로 알고 있다. 새 주간과 편집진이 문학의 정신과 자율성을 얼마나 존중해 줄지가 관건이긴 하지만 이 전통의 문예지가 없어지는 게 아닌가까지 생각했었는데 다행스러운 일이다.

부당한 일의 항의에 힘과 성원을 보내 주신 모든 문우들에게 새삼 감사를 드린다.

누가 작가를 두려워하랴

어느 젊은 작가에게 직장엘 나가 밥벌이부터 해야 할 거 아니냐고 충고를 했다가 면구를 당한 일이 있다. 아름다운 여성 작가여서 그런지 실색을 하고 마치 모욕이라도 당한 듯이 얼굴을 붉히는 것이었다. 세간에서 호평이 자자한 얼굴 예쁜 작가들의 소설을 그래서 나는 믿지 않는다. 사무실에서 몇 해씩 주리도 틀어 보고 양말도 기워 보고 행상 리어카에서 홍합도 삶고 재봉틀 앞에서 하루 종일 틀질도 안 해본 작가가 해봤자 무슨 이야기를 할 수 있겠나 싶어서다.

이삿짐 센터에서 노가다하면서 우러나온 시가 남의 시나 달달 외며 머릿속에서 이리저리 꿰맞춘 시와 어떻게 비교가 되겠는가.

예의 이삿짐 센터의 시인 K는 불황으로 대학병원 수술실 경비 노릇으로 옮겼다가 피 냄새를 못 견뎌 이태 만에 뛰쳐나와 지금은 동네 아파트 경비로 살아가고 있다는 소식이 들린다. 이런 시인을 나는 믿는다.

공덕동의 기억, 절구(絶句), 기타

공덕동 스승 집 한 귀퉁이에 서 있던 작은 살구나무가 떠오른다. 1958년 아니면 1957년이었던 것 같은데, 거기 드나들던 전후 일을 더듬어 보아도 왠지 그 무렵 스승의 풍모는 분명히 생각나지 않고 이 살구나무와 좀 사이를 두고 서재 쪽으로 엎드려 있던 길쭉한 장독대만이 유난하다. 워낙 숫기가 모자라 마주 대하고 앉는 것을 어려워해서 그랬겠지만, 그렇더라도 마주칠 기회는 분명 여러 번이었던 것 같은데, 묘한 일이다.

삐거덕대는 낡은 대문을 들어서며 이쪽으로 눈길이 닿아 있으면서도 표표한 두루마기 차림 그대로 살구나무 곁을 언뜻 스쳐 지나가는······.

스승에 대한 나의 그런 이미지는 지금껏 여일하다. 이것은 인정(人情)이나 무슨 거리감 같은 것이 아니라 스승과 제자 간에 제풀에 생기게 마련인 어떤 형식을 두고 하는 말이다. 큰 그릇 옆에 작은 기명(器皿)들이 여럿 놓이게 되면 어김없이 일어날밖에 없는 배열이라든

가 역할 같은 그런 것 말이다. 어떤 기명들은 그 위치를 조바심치다 못해 스스로 방자해져 큰 그릇에 부딪다가 깨지고, 어떤 것은 일탈하든가 앉은 그대로 속절없이 쪼그라든다. 이 위험스러운 자의식을 면케 해준 것은 스승의 장남인 승해(升海)였다. 지금은 미국에서 변호사 노릇을 하고 있지만, 내가 드나들던 무렵의 그는 고교 졸업반의 까까머리였다. 서재 한구석에 영어 독본을 펴놓고 움친 채 거기 드나드는 사람들을 요량껏 눈가늠하고 있었던 모양으로, 어느 날 음악실 '디 쉐네' 뭐라는 데 앉아 있는 내 앞에 와 앉아 암말 없이 한 식경이나 이쪽을 째려보았다. 그러면서 우리는 친구가 됐다. 그 후 그와 싸돌아다니면서 벌인 다분히 러시아 소설풍의 우스꽝스럽고 그럴싸한 해프닝들이 이 무렵 추억의 배경이 된다.

서재라고는 하지만 스승의 그것은 '날이 날마다 드나드는 이 골목/ 장돌뱅이 팔만이와 복동이의 사는 골목' 할 때의 풍취 바로 그대로였다. 누구에게나 경계가 없던 이 방의 인상이 새삼 유난스러운 것도 아마 그 때문이리라. 한번은 자정 넘어 그 방엘 들어서면서 마침 자고 있던 삼촌을 승해가 건드리고 아랫방에 가서 주무세요 어쩌고 하는 것 같았는데, 곧바로 엉엉하는 울음소리가 터져 나와 놀랐던 일이 있다. 발로 건드려진 제 자존심이 상해 삼촌이 그랬던 것 같다는 해명을 뒤에 듣긴 했지만, 이 기울어져 가는 한옥에서 심심치 않게 대하던 어질고 순박한 그런 스승의 인척이라든가, 수시로 배불리 얻어먹던 사모님의 음식 솜씨라든가 하는 그 진솔한 기억들은 이제 와서야 너무 생생하고 각별하다. 크낙한 나무, 풍성한 그늘…… 멀찍이서 바라다볼 때면 무연히 깨닫게 되는 그런 친화력이나 천성적인 어우러짐이야말로 스승의 후덕 중에서도 제일로 돋보이는 것이다.

'무슨 꽃으로 문지르는 가슴이기에/ 나는 이리도 살고 싶은가……' 하는 절구가 가슴 깊이 사무치던 나이 때의 일이다.

미당 시의 경이로움에 관해서는 평자들이 이 시간에도 벌떼처럼 닝닝거리고 있을 것이므로 새삼 내가 끼어들 여지가 없겠지만, 예의 절구 같은 것의 깊이나 양으로만 따져도 그 느낌은 한결 더하다. 김영랑의 시에서 맺히며 두드러지는 '찬란한 슬픔'이니 '내 마음의 어딘 듯 한 편에'니 혹은 정지용의 '해설피 금빛 게으른 울음을 우는' 하는 식의 그런 명 구절을 절구라고 한다면 말이다. 〈꽃밭의 독백〉에 나오는 '벼락과 해일만이 길일지라도'라는 절구는, 그 다음 행의 '문 열어라 꽃아, 문 열어라 꽃아'라는 코러스와 함께 근 30여 년째 번번이 내

앞을 가로막는다. 이 절구의 오의(奧義)를 깨닫고 말고 할 것도 없이 소설 같은 것이 써지지 않을 때, 무슨 심한 걱정이나 격정으로 앞이 뿌예지면서 정신이 흐려질 때, 마치 벼락처럼 마음속을 때려오는 것이다. '노래가 낫기는 그중 나아도/ 구름까지 갔다간 되돌아오고'라는 첫 행은 막연히 이쪽의 무의식 속에나 잠겨 있었던 것 같은데 엉뚱하게도 젊은 친구들을 작업실로 끌어들여 괴발개발 기타를 뜯으면서 실제로 노래 같은 걸 불러 본 최근에서야 분명히 떠올라온 절구의 하나다. 정욕의 한계를 데생처럼 공간감으로 단숨에 묘파하는 중간 부분의 '네 발굽을 쳐 달려간 말은/ 바닷가에 가 멎어 버렸다' 같은 구절이나 그리고 보니 이 시편은 온통 절묘한 선과 색채, 절창의 절구로 이루어져 있다.

　　나를 키운 건
　　팔 할이 바람이다
　　 - 〈자화상〉

　　서서 우는 눈먼 사람

자는 관세음

서녘에서 불어오는 바람 속에는

한 바다의

정신병과 징역 시간과……

－〈서풍부(西風賦)〉

서(西)으로 가는 달같이는

나는 아무래도 갈 수가 없다

－〈추천사(鞦韆詞)〉

미당 시의 모든 작품 여기저기서 숭어 떼처럼 비늘을 번쩍이며 퍼덕이는 이런 절구들 때문이 아니라, 그 절구들이 마무리 짓는 전체적인 모양새를 두고 회화사적인 구도나 색채가 불현듯 연관 지어지는 것은 나의 습관 탓일지 모른다. 자세한 해명은 앞으로 누군가가 하겠지만, 언뜻 그의 전 시편들은 근대 회화의 색채와 구도를 거의 망라하고 있다.《화사집》,《귀촉도》의 표현주의적인 색채로부터 〈상리과원〉 같은 시편들에서 보이는 인상파의 빛의 더미들이나 그 배합,

반지와 눈썹 같은 것을 말할 때의 서정적, 기하학적 추상계열 같은 구도,《동천》의 시편들에서 보이는 하이퍼리얼리즘, 심지어 도미에 풍, 팝 아트, 코믹 스트립풍 기법의 진수 같은 것까지가 수두룩하다. 그중에서도 나를 탄복시키는 것은 예의 초현실주의 계열을 저절로 연상시키는 여러 시편들이다. 시집《신라초(新羅抄)》에 수록된 〈어느 날 오후〉 같은 시편은 서구 식의 그 쉬르한 구도가 동양적인 오의거나 심성의 그것과 절묘하게 고리 지어지면서 두드러진 불가사의하기 짝이 없는 작품으로 보인다.

오후 세 시 반

웃는 이 없고

서천엔

한 갈래

배를 깐 구름

자네 방 아랫목에서

옛날 하던 그대로
배를 깐 구름, 배를 깐 구름

하필에 오도 가도 서도 못하고
늘펀히 자빠져서 배를 깐 구름

살바도르 달리의 엿가락처럼 늘어진 시계와 여기서의 구름의 질감
을 나란히 놓고 살피기라도 하면 그 불가사의한 윤곽은 더욱 뚜렷해
지리라 여겨진다. 마치 액화(液化)한 뇌성벽력을 바로 코앞에서 보는
것 같다.
또 하나 절박할 때면 제풀에 떠올리는 시편이 있다. 같은 《동천》에
들어 있는 〈마른 여울목〉이다.

말라붙은 여울 바닥에는 독자갈들이 드러나고
그 우에 늙은 무당이 또 포개어 앉아
바른 손바닥의 금을 펴어 보고 있었다.

이런 첫 행의 그 샤먼한 영상이 내던진 충격 역시 몇십 년째 나를 따라다니고 있다.

나의 어쭙잖은 소설 〈나그네는 길에서도 쉬지 않는다〉 운운하는 소설의 모티프도 모르긴 하되 아마 무의식중에 거기서 촉발됐을 것이다. 일반적으로 칭송받는 미당 시의 여러 대표작들보다도 한 겹 장막 저쪽의 이런 시편들이 나에게 더 경악으로 받아들여지는 것은, 아마도 가늠이 가지 않는 그 정신의 깊이거나 진폭 때문일지 모른다. 나는 모기 한 마리의 거동을 가지고도 능히 시집 한 권이 엮어지는 어이없는 시대라, 하찮은 구석구석까지도 골고루 미쳐 있는 스승의 그 심안(心眼)이 새삼 그리운 것은 아마도 그 탓이리라.

골목

날이 날마다 드나드는 이 골목
이른 아침에 홀로 나와서
해 지면 흥얼흥얼 돌아가는 이 골목

가난하고 외롭고 이지러진 사람들이
웅크리고 땅 보며 오고 가는 이 골목……

− 서정주, 〈골목〉에서

비교적 무심히 읽고 지나쳤던 스승의 시가 이제서야 의도를 드러내
고 아우라를 뿜으면서 이쪽을 압도한다.

무슨 경제 종합지에 연재됐던 이병주의 소설 〈약(藥)과 독(毒)〉에 함
께 그렸던 묵은 삽화들을 꺼내 뒤적여 본다. 작가가 작고한 해가 언
제였는지 아슴하다. 그가 썼던 소설들의 무대가 설사 외국이었대도

그 배경은 늘 골목 안이었던 것도 같아 쓴웃음을 짓는다. 대한민국 국민의 1퍼센트가 가진 자, 99퍼센트가 빼앗긴 자라면 그 빼앗긴 자의 5분의 4는 중산층의 삶을 목표로 잠재의식 속에 굴종과 증오를 가득 품고 살아가는 사람들일 것도 같다. 이들은 이른바 대중문화라는 걸 이끌어 가는 주도층으로서 얼토당토않은 베스트셀러를 만들고 상식 이하의 영화에 천만 명씩을 동원하는 이른바 키치 문화의 주범들이다. 굴종과 증오로 채워진 문화라니, 된장. 나머지 5분의 1은 집도 절도 없이 옮겨 다니다 삶을 마치는 사람들일 것이다. 세칭 떠돌이 인생들.

이 그림 속의 아이는 중학생인 모양인데 중딩 때 트리오로 지내던 친구를 떠올리고 보니 그들에게도 이 일반적 국민의 성분이 여실히 드러나 있는 것 같다. 한 녀석은 가정교사로 가르치던 아이를 꼬셔 S재벌 사위가 되어 두루 재벌가의 요직을 거치더니 연전 자살했고, 한 녀석은 미국서 미생물학 박사가 되어 돌아와 보수꼴통 같은 짓을 하고 있다. 그 유명한 아무개와 함께 이북에 반공 찌라시 풍선 띄우는 짓을 계속하면서 무상 아파트를 지어 불우 청소년들을 거두고 대학에 보내는 일까지 하고 있는 건 좋은데 아파트 앞에다 '진보당원 출

입 금지'라는 글귀까지 비석으로 세워 놓았단다. 세상에!

그러고 보니 이쪽만 소속된 데가 없다. 스승의 시 구절처럼 '서럽지
도 아니한 푸른 하늘이 홑이불처럼 이 골목을 덮어……' 갈 곳이 없
는 것이다.

달이라도 뜨면 또 어딘가로 헤맬 수밖에!

시인들의 얼굴

─문학과지성사 시인선집의 캐리커처들

문지 시선의 표지 디자인이 오규원의 아이디어라는 것을 들었을 때
나는 자연스럽게 '문장사'를 하던 때의 그의 모습을 떠올렸다.《김춘
수 전집》1, 2권을 그가 만들 때였으니까 화곡동에서 홍성원과 함께
인근에 살던 무렵 끝머리쯤이었을 것이다. 홍성원은 아이들을 데려
오거나 낚시를 가자고 가끔 집엘 놀러왔고 어쩌다 카드라도 치게 되
면 으레 오규원을 불러 합세했다.

책 표지나 내지에 저자의 캐리커처를 배열하는 레이아웃은 우리 쪽
만 해도 해방 훨씬 이전으로 거슬러 올라가지만 더 오랜 전통의 서구
것들을 봐도 책의 운치와 격을 높이는 효과와 함께 발상이 재미있다.
해방 전 웅초 김규택의 시골 무지렁이스러운 캐리커처들이나 해방
직후 일러스트의 명수 김의환이 그린 박목월이나 월북한 정현웅이
그린 정지용의 캐리커처들이 생각난다. 화가 김영주가 그린 김수영
의 캐리커처야말로 시인의 얼굴을 그려서 효과를 높인 그 효시라고
할 수 있을지도 모른다. 처음엔 종합지 기사에 시작노트와 함께 곁들

여겨 쓰였다가 단행본과 광고 여기저기에서 두루 기염을 토했던 걸로 알고 있다.

김영태와 함께 문지 시집 캐리커처들을 그리기 시작했을 때는 둘 다 일종의 '재미삼아' 혹은 '장난삼아'라는 기분이 덧붙여져 있었을 것이다. 미술학교를 다니긴 했지만 둘 다 전공은 외면한 채 시와 소설에 몰두해 있었으니만치 당연하다. 내성적인데다 집에 죽치고 들앉는 체질인 성싶었던 김영태가 방에 붙박여 지치지도 않고 인디언 잉크로 원고지에 써내려간 글씨들을 보면 그의 딜레탕티슴이랄까 까탈이랄까 그런 기질이 한눈에 드러난다. 펜촉에 잉크방울이 덧붙고 굳기를 거듭해 붓처럼 뚱뚱해지고 그 끝에서 흘러나오는 펜도 아니고 붓도 아닌 중간 굵기의 선은 그야말로 그 자신의 것이 아니면 안되는 그런 것이다. 그가 그린 절창이랄밖에 없는 최인훈의 얼굴이 그 좋은 증좌라고 생각한다.

그 많은 시인들의 얼굴을 요약해 왔으니 요령이 생겼을 것 아니냐, 한마디로 시인의 얼굴이란 뭐냐?고 누가 묻는다면 '오리무중'이란 대답 외에 사실 할 말이 없다. 피카소가 그린 장 콕토나 모딜리아니가 그린 막스 자콥 같은 그런저런 눈에 띄는 소묘들은 그럴 만한 충분한 근거가 있어 그려진 것으로 보인다. 우정이 깊어 가는 동안 수기한 애증의 부침이나 곡절을 겪으면서 외로움이나 기쁨이 사무치게 착종되는 어느 순간, 혹은 마주 앉아 무연히 차라도 마시다 마음이 가득 차 자연스럽게 손이 연필을 잡고 일사천리로 그려 내려갔을 것이다. 시인 백석의 얼굴이나 구본웅이 그린 이상의 초상만 해도 그 비슷한 여운 같은 것이 아직 남아 있다. 하지만 이웃집 마실마저 자동차로 가야 하는 시대에 누가 그럴 만한 여유를 지니며 누가 그 시간의 노략질과 비용을 찐득하게 감내할 수 있겠는가. 기껏 이쪽에서 얻어 낼 수 있는 것은 몇 장의 스냅사진뿐인 것이다. 20년, 30년씩 지속되는 시인들 간의 그런 우정이나 그 슬픔과 열망 같은 것을 가늠해 보려고 화면에 그 몇 장의 사진을 띄워 놓고 물끄러미 시인의 얼굴을 들여다본다.

시인이 여자일 때는 의뭉스럽게도 손이나 마음이 한결 부드러워질 수밖에 없다. 김혜순의 얼굴에서 소녀를 읽거나 이진명의 얼굴에서 보살을 보는 것은 비단 나만이 아닐 것이다. 황인숙의 얼굴은 어떤가. 공처럼 튀고 파닥이는 그녀의 감성을 김영태는 그 배추머리 물결에서 잡아내려 했다. 그것은 닮았다 안 닮았다 하는 기초 데생의 영

윗줄 왼쪽부터 김수영(김영주 作), 최인훈(김영태 作)

김혜순, 허수경, 김선우

황지우, 이성복, 장석남, 류근

역을 훨씬 벗어나는 것이다. 그것이 지나쳐 순전히 인상 캐리커처로만 가면 결과는 터무니없게도 그리는 사람의 망상만이 잔영으로 남는다. 나에게 가장 난처하고 아직도 지난할밖에 없는 초상은 이수명의 얼굴이었다. 희귀하게도 이 땅에서 몇 안 되는 쉬르 계열의 이 시인은 유난히 아름다운 얼굴을 하고 있지만 그것을 요약하는 일은 그녀의 시만큼이나 난해하고 까다롭게 느껴져 어리둥절할 수밖에 없었다. 가장 토종적인 얼굴인 것 같으면서도 각도에 따라 전혀 이질적인 모습으로 수시로 변하는 얼굴인 것이다.

시 세계를 익히 알고 있거나 비교적 자주 얼굴을 대해 친근한 시인의 얼굴은 상식적으로라도 비교적 쉽게 그려질 것 같고 또 대개는 그렇지만 의외로 더 까다로워지는 경우도 있다.

장석남의 얼굴 역시 그처럼 까다로웠던 것은 서정적 감정의 분출과 그것을 자제하려는 인내심 사이에서 늘 격앙돼 있는 듯한 그의 시의 인상과 시단에서 미남으로도 꼽히는 그 객관적 얼굴 윤곽 사이의 차질 때문이었을지도 모른다. 대범하고 쉬우면서도 그지없이 예리한 김광규의 시가 사람 좋은 시골 아저씨 같은 그 얼굴과 쉽게 매치되지 않는 것 역시 그 비슷한 이유 때문인지도.

어쨌거나 이런 애매한 차질이 생기기라도 하면 무수한 파지를 감내해야 한다. 김영태는 특수한 엠보싱이 된 두터운 와트만지 같은 것을 데생 용지로 주로 쓰고 비싼 가격 때문인지 때로 쪼박까지 이어 붙여서 쓰는 것도 더러 봤지만 파지가 예상되어서만이 아니라 나는 아무거나 싸구려 종이를 주로 갖다 쓴다. 만화 원고 용지 아니면 해 지난 캘린더를 잘라 그 뒷장의 여백에 스케치할 때가 가장 손이 자유로울 수밖에 없는 것이다. 시인들의 실제 현실을 지겹도록 알고 있어 방만한 심사가 되어서인지도 모르고 한 컷의 캐리커처에 책정된 그 인색한 화료가 화나서인지도 모른다. 격조 높은 시의 시인을 유장한 시간을 두고 격조 높게 요약한다고는 늘 생각하고 있지만 2만 원짜리 고료와 3만 원짜리 원고를 실천하는 손은 그처럼 리얼하고 에누리가 없다.

뫼르소의 일상

카뮈의 《이방인》을 처음 읽은 것은 이유 모를 상실감과 공허감으로 헛된 헤맴이 일과가 되어 가던 20대 초입의 그 어디쯤에서였다. 미술 대학에 건성으로 적을 두고 있던 1950년대 말쯤이었을 것이다. 주체할 길 없는 이 소위 '젊음'은 모두가 한 번씩 겪는 과정이니까 변명의 여지가 없지만, 그 무렵의 암울했던 사회 배경 같은 것을 돌이켜보면 엄살이 섞인 그 표면적 색채가 얼추 납득이 가고도 남는다. 어둡다고 해도 검정 일색이라기보다 일테면 프러시안 블루 같은 암청(暗靑)의, 어떻게 처치할 도리가 없는 그런 빛깔의 것이었다고 기억한다.

불안, 맹목, 불신, 회의, 근거 없는 욕망 같은 것들이 뒤죽박죽으로 뒤섞인 다분히 관념적인 절망감이 그 내용이었을 텐데, 현실의 가난과 함께 좌골신경통이라는 지병까지 가세해 딴에는 견뎌 내기가 꽤나 힘들었다. 갈증 때문인지 그나마 아주 잊어먹지는 않고 어쩌다 서점만은 아직도 기웃거리던 버릇이 이 책을 만나게 해주었을 것이다.

오늘 어머니가 죽었다. 어쩌면 어제였는지도 모르겠다. 양로원으로부터 전보를 받았다. 〈모친의 사망을 애도함. 장례 명일.〉 이것만 가지고는 아무것도 알 수가 없다. 아마 어제였을 것이다……

일견 범용하고 일상적인 서술로 시작되는 이 짧은 소설이 내게 가한 충격은 어떻게 말할 수가 없는 그런 것이었다. 어머니의 죽음을 이런 식으로 말할 수가 있는가. 첫 충격은 아마 그것이었을 것이다. 아무리 데카당한 상념이나 생활에 젖어 있는 사람도 내부에는 신성시해서 붙들고 있는 가치관이랄까 그런 것이 한두 개는 반드시 있다. 그리고 대개는 보전하고 있는 그것을 축으로 일탈한다. 나는 이렇게 순수하고 티 없는 것을 아직도 지키고 있는데 세상은 왜 이다지도 개판이냐는 식일지 모른다. 모르긴 해도 열이면 아홉 사람의 그 첫째 덕목이거나 근거가, 어머니일 것이라는 추정도 간다. 관념으로건 현실로건 그것은 일종의 절대가치다. 이 소설의 서두는 우선 그것을 묵살하면서 들어가고 있는 것이다. 둘 중에 하나는 쓰레기다. 관념을 버려라. 당돌한 그런 현실의 제시와, 왠지 거기 반발할 건덕지나 힘을 한꺼번에 잃어버리고, 나는 소설 속에 빨려 들어갔다. 삽시간에 물에 젖는 휴지처럼 정신이 들자 이미 전신이 거기 잠겨 있는 자신을 발견하는—《이방인》의 흡인력은 한마디로 그런 것이었다. 자신 속에 뒤엉킨 채 잠복해서 감춰져 있던 감정의 원류(源流)를 헤집고 들어 이 소설은 그 부근에 눌어붙어 있던 관념이라는 온갖 암괴(岩塊)들을 박살 내고, 그 덩어리 하나씩을 밖으로 내팽개치고 있었던 것이다.

'오늘 어머니가 죽었다'와 '어쩌면 어제였는지도 모르겠다'는 이 두 구절 사이에 입을 벌리고 있는 어마어마한 틈바구니를 제대로 의식했던 것 같지도 않다. 주인공 뫼르소의 무겁고 권태로운 발걸음을 따라 도리 없이 양로원에 홀로 들어서고 거기서 슬픔과 추억에 잠긴 할머니들을 만나고 하면서 그제야 어렴풋이, 무시무시한 생략과 함축을 소설이 지니고 있다는 사실을 깨닫기 시작했을지 모른다. 두 번째 거대한 암괴 덩어리와 그것이 박살 나는 현장을 맞닥뜨린 것은 장례식 다음 날 정사를 벌이면서 다시 일상으로 들어선 뫼르소가 마리의 물음에 대답하는 대목에서다.

저녁에 마리가 찾아와서 자기하고 결혼하고 싶으냐고 물었다.

나는 아무래도 좋지만 마리가 원한다면 결혼해도 좋다고 말했다. 그러자 그녀는 내가 자기를 사랑하는지를 알고 싶어 했다. 전에도 한 번 말했지만 그건 아무 의미도 없고, 아마도 사랑하고 있지 않을 거라고 나는 대답했다…….

관념적인 절대가치의 첫 번째 덕목이 모성에 관한 것이라면 두 번째 것은 당연히 우리가 사랑이니 애정이니 하고 부르는 그 가치, 즉 인간의 정욕일 텐데, 이것도 있는 그대로를 받아들이라는 것이다. 무엇을 사랑한다는 관념의 포기는, 몸을 가눌 근거를 인간에게서 거의 박탈해 버린다. 그뿐 아니라 전통도 역사도 그것이 없으면 지탱이 되지 않는다. 지극히 일상적인 것 같은 뫼르소라는 인물이 온갖 허식과 거짓을 떨쳐 버리고 이 세계의 부조리를 그대로 체현하는 순교자나 거인처럼 보이는 것도 실은 그 때문일 것이다.

뫼르소가 마지막 암괴인 '죽음'과 맞서는 이 소설의 후반부는 그래서 《시지프의 신화》로 대변되는 카뮈적인 실존 철학의 한 형상화이자 도도한 논리이기도 하지만, 전반부보다는 아무래도 덜 충격적이었던 것도 같다. 아마도 내 속에 스며 배어 있던 동양인이라는 체질로

서의 그것(죽음)에 대한 체념적 관념이 완강히 그런 논리를 중화시키려 한 탓이었을지 모른다.

어쨌든 이휘영 교수의 명 번역으로 나온 이 얄팍한 책은 그 이후 오랜 동안 성서처럼 내 몸에 붙어 다녔다. 늘 지니고 다녔다는 소리가 아니라 그 소설의 암괴의 부분 부분이나 묘사 문장들이 늘 염두에 따라다닌 것인데, 사르트르의《구토》를 들고 다니면서 무료할 때마다 펼쳐 보곤 하던 버릇과 좋은 대조가 된다. 같은 실존주의 계열의 작가이면서도 성격이나 체질의 상이점이 이런 데서도 드러난다.

존재의 현상학적인 논리가 일기체로 씌어진《구토》는 여운으로서라기보다 틈날 때마다 두 번이고 세 번이고 들여다보면서 읽어야 했다. 특히 내가 자주 찾아 읽은 곳은 주인공 로캉탱이 조약돌을 어디론가 던지고 손바닥에서의 그것과 다른 공간에 놓였을 때의 그 실존 상태를 집요하게 추적하는 대목이다. 이것은 마치 '도둑질하지 말라' '간음하지 말라' 하는 성서의 계율이 책 없이도 늘 가슴에 남아 있는 사정과 '아브라함이 이삭을 낳고 이삭이 야곱을……' 하는 식으로 그것을 세세히 읽어야 안심이 되는 그 비슷한 격이었을지 모른다. 논리가 아니라 무의식적으로라도 전신으로 체현되는 삶을 나는 갈망하고 있었던 것이다.

꿀방구리에 뭐 꾀듯 시끄러운 선거판에 토를 느끼다 보니 아마 1930년대쯤인 듯싶은 알제리, 뫼르소가 바라보던 이 일상이 차라리 위안이 되어 다가선다. 그때도 마찬가지였겠지만 '너 죽고 나 살자, 돈이 최고다'라는 명제가 일으키는 소란이어서 그럴 것이다. 자본사회의 근원이고 악의 진원지인 이 얼어죽을 철학!

작가 오정희

작가가 글을 쓰지 않는다는 것은 못 쓴다는 소리다. 못 쓰는 이유 중엔 흔히 영화 같은 데서도 감초처럼 써먹는 대사가 있다. 영감의 고갈. 영감이란 걸 믿지 않지만 그런 게 있다면 고갈 이유란 것도 작가 주위의 시류나 세상에 미만한 어이없는 유행 같은 것이 강요하는 강박감 같은 것을 뜻하는 소리일 것이다. 작가는 개성을 먹고사는 존재인데 세상은 늘 집단광기 아니면 집단마비만을 요구하기 일쑤다.

주위에도 오래전부터 침묵하는 작가들이 꽤 있다. 언뜻 떠오르는 작가가 오정희 씬데 지금 30대에서 50대에 걸친 내로라하는 여성 작가들 중에서 태반이 그녀의 소설을 필사하면서 문장 수업을 한 걸로 알고 있다. 그렇게 자란 작가들이 귀감으로 삼거나 영향받았던 작가를 아예 잊는다면 그 필사란 것도 도둑질이 되고 만다.

도둑질 얘기가 나왔으니 말이지 연전 모 일간지의 신춘문예 심사를 맡았을 때는 실제로 그런 절도 사건이 있었다. 여기저기서 끌어낸 좋이 20여 매쯤이나 되는 분량의 오정희 문장을 다시 토막토막 잘라

토씨와 접속어를 붙이고 그것을 적당히 흩은 위에 교묘하게 덮씌워진 스토리가 엉뚱하게 당선작이 되었던 것이다. 새벽 저수지의 물빛을 '수초가 일어서고……' 하는 식으로 묘사한다든가 아무튼 군데군데서 절묘하게 빛을 발하는 문장에 매료돼 그 응모작을 적극적으로 밀었는데, 채 읽지 못한 그녀의 근작 〈파로호〉에서 주로 대부분의 문장이 도절된 것을 알고는 어안이 벙벙했다. 그녀의 소설을 수십 번씩이나 베껴 쓰다 저도 모르게 그런 결과가 나왔다는 사실까지 알았을 때는 야단을 치고 말고 할 심사마저 스러졌을 정도다.

오정희 씨를 생각하면 토끼처럼 한순간에 동그래지면서 보통 때의 얼굴을 전혀 다른 모습으로 바꿔 버리는 그 눈이 우선 떠오른다. 실제로 그녀가 이런 모습으로 변하는 것을 두어 번 보았을 뿐인데도 그렇다. 그녀의 일상적 모습을 한마디로 말하기는 어렵겠지만 엄할 정도로 진지한 구석이 노상 배어 있는 것만은 틀림없는 것 같은데, 그 기미가 일거에 가시면서 장난과 끼로 팽팽히 당겨진 얼굴인 것이다. 호기심에 가득 찬 개구쟁이의 얼굴 같기도 하고, 뚜껑이 열리는 상자 속을 어짠둥 제일 먼저 들여다보려고 막무가내로 머리부터 들이미는 모습 같기도 하다. 상자 속엔 실은 별것이 있는 것도 아니다. 그렇고 그런 친구들끼리 모여 모처럼 한두 잔 술이라도 걸치고 자청 타청으로 몇 차례씩 노래 순서가 돌고 그것도 별 재미가 없어 중구난방의 율동이 곁들여지거나 악쓰듯한 원맨쇼가 시작되려 할 그 무렵쯤에, 그녀의 얼굴은 대개 그렇게 바뀐다. 나의 어눌한 기억으로도 이것은 거의 틀림이 없다. 그러니까 상자 속엔 아무것도 없다는 것도 그녀는 미리 알고 있다. 이런 때 그녀 입에서 튀어나오는 것은 주로 왕년의 동요거나 '내 주를 가까이' 하는 식의 찬송가다. 박자는 정확하고 음정은 때로 불안한 그런 노래를 그것도 다 같이 합창을 하자고 기묘한 제스처로 부추기는 것이다. 미션계 중·고교를 다닌 여파일지도 모른다.

골목대장이 공터 한쪽에 동네 아이들을 모아 놓고 시범을 보이듯이 한번은 나애심인가 누군가의 '푸른 등불 아래 붉은 등불 아래…… 댄서의 순정' 어쩌고 하는 노래를 역시 그럴싸하게 허리를 뒤틀면서 부르는 것을 들은 적도 있다.

이 분위기가 다른 두 개의 인상은, 짐작만으로도 당찼을 그녀의 어린 시절을 멋대로 상상하게 만들면서 그녀 문학의 인상과도 묘한 대조를 이룬다. 비슷한 연배거나 그 앞뒤 친구들의 어느 누구를 떠올려

보아도 실제 생활로나 문학으로서나 그녀만큼 탄탄하게 땅을 딛고 선 사람이 또 없을 것 같은 생각이 들기 때문이다. 이런 소리는 상찬으로서라기보다 일반적인 궁금증의 면으로서 특히 그렇다. 흔히 서로 이반되는 것으로 알고 있는 생활과 문학이 서로를 견실하게 지탱시키고 있는 희귀한 예를 거기서 보는 것이다. 그 모습은 좀 과장하자면 흡사 다붙은 두 개의 성채(城砦)를 방불케 한다. 그래서 그런지 그 견고한 모습과는 달리 내부의 세목들은 그녀의 소설들로서가 아니고는 그 편린이나마 엿보기가 그만큼 또 어렵다. 지나칠 정도로 정직하고 내성적인 성격 탓도 있을 것이다.

일테면 내가 아는 그 앞뒤 연배들 중에서 곧잘 파격적인 허장성세를 내보이며 주위를 놀래키다가도 난초처럼 가늘고 눈물이 많은 서영은이나, 바깥세상에 대한 기묘하게 어긋난 핀트가 오히려 소설을 재미있게 만들고 있는 김채원 같은 이들에 비하면 그렇다는 소리다. 이들은 같이 앉아 반 시간쯤만 떠들다 보면 남편의 일이라든가 아이들의 근황이 바싹 가까워 그런지 그 희로애락이라든가 감정의 기미라든가 그런 성격적 명암들이 어김없이 인지된다. 어떤 편인가 하면 오정희 씨는 시종여일 밝은 표정으로 웃고만 있을 뿐이다. 약한 모습이

나 어지러운 태도는 절대로 남에게 보여서 안 된다―어떤 때는 마치 그런 신념을 의식적으로 다짐하고 있는 것처럼도 보인다. 내가 아는 그녀의 일상적 모습이란 결국 이 정도에서 그친다.

그녀는 하루 평균 네댓 시간씩밖에는 자지 않고 그것도 십 년 이십 년째나 그러고 있다는 짐작이지만, 이건 혹 내가 잘못 알고 있는 것일지도 모른다. 새벽에 일어나 아이들의 치다꺼리에 이런저런 모임이나 믿음을 저버릴 수 없는 일들에, 심지어 아파트 단지에서 떠맡은 반장 노릇에도 소홀할 수가 없어 다 늦게까지 남편의 저녁상을 마련하고 하다 보면 자정 이후의 한두 시간이 겨우 그녀의 몫일 텐데, 그 틈바구니에서 생산된 것이 틀림없을 그녀의 소설들을 떠올리면 그런 임의로운 추정이 또 너무 안이한 것 같다. 그녀 문학의 그 농밀한 밀도나 단단한 구성력이 불가사의하게 여겨지는 것도 그 때문이다.

중년의 공허든 이 세계의 허망함이든 후배들은 그녀의 집중력이야말로 여성의 그 가장 깊은 부분에까지 닿아 있는 것이라고 느꼈을 것이다. 데뷔 작품인 〈완구점 여인〉을 처음 읽었을 때의 충격을 아직 기억하고 있다. 도벽(盜癖)이라는 기이한 소재를 아닌 밤에 홍두깨처럼 실감나게 들이밀고 있는 신인이 더구나 여자라는 사실이 아마 그런 충격의 일차적인 내용이었음에 틀림없다. 장식과 허섭스레기를 걷어제쳐 버리고 그녀는 처음부터 곧바로 여성의 깊은 곳에 도사린 어두운 속성 하나를 짚어 보인 셈이다. 문학이나 사람이나 그녀에게서는 도무지 치장이 느껴지지 않는다.

그리고 보니 어느 좌석에서던가 심수봉의 '나는 여자이니까' 하는 노래 구절을 그녀가 사뭇 싫어하던 일이 또 떠오른다. 우정 화가 치민다는 투로 "애애, 그거 무슨 소리야. 그런 소리 싫어" 뭐라고 하는 투정을 친구에게 하는 것 같았는데, 분명치가 않다.

'댄서의 순정'과 이 가사 사이에는 사실 커다란 간극이 있다.

질질 울고 매달리는 여자보다는 씩씩한 댄서가 백배 낫다는 식의 은유를 가령 확대해서 문학이 구도(求道)의 역정이기라도 하다면, 집을 허물면서 거기 이르는 작가가 있고 쌓아올리면서 거기 이르는 작가도 있다. 전자는 보금자리의 방기(放棄) 때문에 허무를 만나고, 후자는 도로(徒勞) 때문에 그것과 조우한다. 독단인지도 모르지만 그 구도의 끝도 아마 허무일 것이다. 그러니까 최소한 그것을 부정하지는 말아야겠다는 인식 정도에 나는 겨우 도달해 있는 셈인데 그녀의 문학은 처음부터 그것을 깨닫고 있었던 듯한 양상을 띤다. 가정이나 생활이라는 성채를 필사적으로 감싸고 꾸려 가면서 쉽사리 자신을 내보이지 않으려는 겉모양새로 보면 물론 그녀는 쌓아올리는 후자의 유형에 속할지도 모른다. 스산하고 익살스러운 유년기의 추억이라든가 낱낱이 허위로 정체가 드러나 뒹구는 바깥세상의 파편들이 그러니까 그 단단한 벽돌장 하나하나가 된다. 4·19 같은 역사적 사건도 그녀의 소설 속에서는 낭자하게 널어 놓여진다거나 날것의 모습으로는 드러나지 않는다. 삶고 끓이고 증류해서 무공해에 가까운 강도를 지녀야만 그녀는 비로소 안심한다. 그것들로 무엇 하나 새나가지 못하게 밀봉한 벽 속에서 계속 응어리지는 상처나 잘못 스며든 바람처럼 드리운 상처의 흔적을 그녀 문학의 내용으로 단정한 일각의 평가도 더러는 있다.

교환 교수로 건너간 남편을 따라 두어 해 미국 생활을 겪고 온 이후 그녀의 작품 활동이 뜸해진 것을 두고, 그 지나치게 빈틈없이 쌓아올리는 정직성이 이제는 소설의 벽이 되고 있는 게 아닌가 하는 흰소리를 기우삼아 한 적도 있지만, 물론 그녀가 여성이므로 짐짓 대칭의 위치를 취한 상대적 발설에 지나지 않는다. 그 무렵쯤 이쪽은 정체불

명의 무기력감에 짓눌려 쓴다는 일조차 아예 팽개친 상태였던 것이다. 인생과 문학이 양립할 수 있는가 없는가 하는 새삼스러운 생각이나, 뚱딴지같이 생각나는 '곡신불사(谷神不死)'라는 성어나, 그런저런 잡념들 역시 그 둘을 건강하게 다 거느리고 있는 그녀에 대한 시샘이나 부러움 탓일지 모른다.

생일 초대를 받고 길 한 켠에 쌓인 낙엽을 와삭와삭 밟으며 춘천을 찾았던 어느 가을의 일이 떠오른다. 예닐곱 친구들이 방바닥을 길 정도로 푸짐히 먹고, 그 집의 오누이인 정호, 정기의 거문고, 가야금 독주도 듣고, 귀한 술 한 병까지 주머니 속에 숨긴 채 특급 호텔에서 우리는 하룻밤을 묵었다. 모주꾼 두엇이 일행에 끼어 있었던 터라 술은 아침 호반 가에서 반 이상이 증발하고, 기왕 온 김에 말[馬]이나 한번 타보자고 우리는 축사장으로들 몰려갔다. 그 뒷바라지도 물론 그녀의 몫이었다.

작가 이양지를 그리워한다

제100회 아쿠타가와 상(1989) 수상작인 이양지(李良枝, 1955~1992)의
《유희(由熙)》를 처음 읽었을 때의 충격을 기억한다. 재일교포 2세 학
생인 유희가 제 정체성을 찾으러 한국으로 나와 책상 하나를 마련하
려고 거리로 나섰다가 버스의 잡답에 휘말리는 대목이다.

……운전기사가 제멋대로 라디오 볼륨을 높였다. 남녀 아나운
서가 보내온 엽서를 읽고 그 내용을 잠깐 떠든 뒤 신청…… 곡이
흘러나오기 시작했다. 유희는 눈을 감은 채 얼굴을 숙이고 입술
을 세게 깨물고 있었다. 뭔가를 필사적으로 견디고 있는 것 같았
다. ……승객들에 섞여 물건 파는 남자 하나가 올라오더니 입구
근처 우리가 앉은 좌석 바로 앞에서 설명을 하기 시작했다. 남자
는 흔들리는 좌석 안을 휘둘러보면서 손에 든 휴대용 작은 나이
프를 쳐들고 독특한 어조와 억양으로 계속 떠들어 댔다. ……조
금씩 고개를 숙이며 이를 악물고 있던 유희가 돌연 푹 하고 머리

를 무릎 위로 떨어뜨리고 양손으로 귀를 막았다. 나는 유희의 어깨를 감싸듯 가로막고 귀를 틀어막고 있는 그 손을 잡았다.

"유희, 괜찮아? 괜찮아?"

나는 필사적이었다. 통로에 있는 승객들이 모두 보고 있다고 생각했지만 사람들의 시선을 의식하고 있을 여유가 없었다. 유희는 소리 내어 울고 있었다······.

그런 소음과 잡답을 견디지 못해 버스에서 내려 길가에 주저앉은 유희는 '이 나라를 사랑할 수 없다'고 끝내 절규한다.

나뒹구는 담배꽁초, 함부로 뱉는 침, 남의 발을 밟고 옆구리를 쥐어지르고도 미안하단 말 한 마디 없는 몰염치······ 우리에게는 일상다반사고 감각의 기별조차 거의 오지 않는 아무것도 아닌 일에 주인공이 이런 심한 충격을 받다니. 사랑할 수가 없다고? 따지고 보면 내가 일차로 받은 충격의 내용은 그것이었을 것이다.

이 소설은 화자인 나와 숙모의 시선이 번갈아 기술되면서 객관적 모습의 유희를 부조하는 독특한 구조를 띠고 있지만 내 정체성의 규명이라는 정점에서 합일한다. 시선의 분담을 맡은 셋이 실은 한 사람인 것이다.

일본에서 나고 자라 일본적인 습속과 문화가 본능 속에까지 스며 밴 모어(母語, 일본어)와 모국어 사이에 가로놓인 심연―이양지가 서울 대 국문과 대학원에서 공부를 끝내고 가야금과 전통무용을 배우다 가 이 소설을 쓸 수밖에 없었던 것도 그 때문이었을 것이다. 모국어 를 자유롭게 말할 수 있으면서도 기자와의 인터뷰에서는 네, 아니오 로만 말을 아끼고 세종대왕을 존경하면서도 한글과 대금 배우는 것 을 싫어하고, 이 나라 문단에서는 친일 행각 하나로만 싸잡아 백안시 하는 이광수를 가장 문제적인 작가로 꼽은 것도 거기 까닭이 있었을 지 모른다.

그 무렵 어느 날 '한일 미술전'이 열리던 워커힐 현대미술관 뜰에서 일본 작가들을 떠맡아 우리말 통역을 하던 그녀를 본 일이 있다. 아 름답고 화사하달밖에 없는 그녀는 전형적인 일본 근대 미인의 모습 그것이었다.

내가 두 번째 충격을 받은 것은 이대 강당에서 열렸던 김숙자 전통무 용 발표회에서였다. 김숙자의 수제자가 된 그녀가 살풀이를 춘다기 에 처음엔 반신반의했다. 웬만큼 추어도 유학생이니까 수제자급으로 받아 줬겠지 싶었는데 예상이 빗나갔던 것이다. 정확하고 유연한 춤사위가 깊이 모를 한과 신명에 휩싸여 그녀는 진짜 접신이라도 된 것 같았다. 이방에서 태어나고 자란 몸이 그 정도 경지에 도달하려면 대체 어떤 고통과 채찍질을 감내해야 했을까 싶어 송연한 기분이었다. 자기 정체성도 존재에의 해명도 고뇌와 고통 없이는 문학에서도 밝혀지지 않는다.

원고지 3,500매 정도 예정의 첫 장편인《돌의 소리》를 3부 초두까지 쓰다가 그녀는 37세를 일기로 갑자기 요절했다.

1980년대의 그런 버스 속 같은 잡답이 아직 조금도 가라앉지를 않았다는 것일까. 소설 읽어 내기가 요즘은 너무 힘이 든다. 베스트셀러는 두 페이지를 채 못 넘기고 내던지게 되고, 재치와 퍼즐과 아이디어로 가득 찬 젊은 세대의 것은 그것대로 서너 페이지를 읽다 보면 지리멸렬한 망상으로 빠져들게 만들기가 일쑤다. 소설 쓰는 사람이 소설을 읽어 내지 못하면 쥐약이나 다름없고 다 자신의 나태 때문이겠지만 그보다도 광고와 영상과 무수한 비주얼 매체들이 도떼기시장처럼 온갖 괴상한 보따리들을 멋대로 풀어 놓아 더 이상 신선한 소재도 의표를 찌르는 판타지도 소설 속에서 찾을 수가 없기 때문일지 모른다. 그렇다면 쓰레기 집하장 같은 그 대중문화 속에서라도 제 정체성 하나만은 찾을 생각을 해야 할 텐데 그 어떤 고통도 채찍의 기미도 근래의 소설 속에서는 보이지를 않는다.

옐로 오이디푸스

세상에는 거북이로 사는 사람, 들쥐로 사는 사람, 벽에 걸린 지도처럼 일생을 보내는 사람, 피리 부는 장님, 그런 네 종류의 인간밖에는 없다. 내가 만약 한 사람의 시인이기라도 하다면 이 은유는 거의 직감적인 것에 가깝다.

들쥐 중에는 매[鷹]의 기척을 느끼면 밭고랑으로 달려 나가 자진해 제 몸을 드러내는 종류가 있다. 그늘 속에 숨겨 둔 새끼들을 보호하려는 본능이라는 것이다. 두더지 중에도 우정 소리를 지르며 바깥으로 기어 나오는 종류가 있다지만 그러니까 이런 부류는 가족과 자손을 지상의 미덕으로 여긴다.

지도과에는 이미지 그대로 학자, 언론인, 비평가, 의사와 약사 따위의 인간들이 속한다. 같은 의사라도 치과의사만은 거북이과로 여겨져서 이상스러운 느낌이 드는데 대통령, 만화가, 영화감독, 혹은 민중 운운하는 사람들 역시 언뜻 들쥐 종류일 성싶어도 사실은 지도과 부류다.

거북이과는 말할 것도 없이 대부분이 여성들이다. 마더 테레사를 그 대표적인 유형이라 할 수 있겠고 요즘 대세가 된 페미니즘이나 그 제창자들은 그러므로 '몸부림치는 거북이'쯤이나 될지 모르겠다. 트럼펫, 클라리넷을 부는 악사들 중에도 거북이과가 더러 있고, 고속도로에서 교통사고를 내는 사내들 중에도 이 부류의 인간이 많다. 지하철에서 다리를 포개고 앉는 인간은 들쥐과, 그것을 째리는 인간은 지도과다.

그리고 그 한편엔 타오르는 촛불이 있다. 이 한 자루의 촛불은 만상의 모태인 광명이고, 뫼르소가 그 때문에 살인을 할 수밖에 없었던 그 '햇빛'이며 히로시마에 떨어졌던 원자탄의 그 번쩍임이기도 하다. 피리 부는 장님은 물론 오이디푸스 왕을 가리킨다. 그 하고많은 오이디푸스들 중에 왜 하필 내 자신마저 이 부류에 속할 수밖에 없는가 하고 고개를 꼰 적이 한두 번이 아니다. 대체로 유년기의 어떤 상처가 이런 유의 인간을 만든다는 학설도 있지만 전적으로 믿어지지 않는다.

세 살 땐가 잠에서 깨어 방 안에 아무도 없다는 것을 알고 마루로 굴러 나갔다. 거기서도 반응이 없자 다시 굴러 축담 아래로 떨어졌다.

한여름 마당에서는 할아버지와 식구들의 도리깨질이 한창이었다. 그래도 아무도 돌아보지 않자 열 바퀴쯤을 다시 굴러 도리깨 밑으로 들어갔다. 땀과 더위와 햇빛 속에서 그제야 식구들이 타작을 멈췄는지 어쨌는지는 기억에 없다.

네 살 때는 떼를 쓰며 울음을 그치지 않는다고 아버지가 개수통에 집어 담근 일이 있다. 이 기억은 어쭙잖은 내 자신의 소설과 그 오이디푸스적인 성향을 연결시키려고 기회 있을 때마다 끌어다 대는 일화이기도 하다. 아버지를 보지 않으려 머리를 돌리고 눈을 감은 채 밥을 떠 넣곤 했다.

여섯 살 무렵이던가, 홍수를 겪은 일이 있다. 여덟 살 땐가는 외나무다리에서 떨어져 급류에 휩쓸렸다. 이 두 기억은 유일하게도 내게 구원의 기미를 느끼게 해주는 그 무엇이다. 장대 같은 비가 맨몸에 내리꽂히던 그 범람의 밤은 너무 감미롭다. 환한 빛 같은 것을 전신으로 느끼며 도랑물이 소용돌이치는 골목을 무작정 헤매고 있었는데 틀림없이 따뜻한 이부자리 속에 안전하게 뉘어지리라는 확신이 있었을 것이다. 강물에 휩쓸렸을 때는 떠내려가다 일어서고 다시 일어서고 하는 모습이 나물을 캐던 누이의 눈에 띄어 목숨을 건졌다.

〈길〉, 캔버스에 유채, F6

오이디푸스는 친부를 살해하고 친모와 결혼한다.

고대 그리스의 현자 소포클레스가 정확히 지적한 이 인간의 근원적인 속성은 무서운 각성을 요구한다. 소설에서는 모든 권위에 대한 맹목적 반발과 반항이 그 일차적인 속성으로 드러난다. 반항의 대상이 친부라는 사실을 예감하는 과정이 그다음 단계이고, 실마리를 찾아서 스핑크스의 수수께끼를 푸는 과정이 세 번째 단계다. 어머니를 만나는 네 번째 과정은 거의 금기에 가깝다. 졸작《유자약전》이라는 소설에서 스무 남은 명이나 되는 여성을 반죽해 하나로 조립하면서도 그것이 조금도 부자연스럽게 여겨지지 않았던 까닭이 그 탓이라 알고 있다. 저주받은 예언의 적중과 폭로는 소설에서는 아마 구성이 담당하고 있을 것이다.

오이디푸스는 스스로 눈을 찌르고 장님이 된다. 이런 각성이 없으면 오이디푸스는 이미 오이디푸스일 수가 없다.

윤리적 의지가 결여된 소설을 나는 문학이라고 생각하지 않는다. 그런 의지와 맹목적 급류 혹은 홍수가 마찰하는 틈바구니, 하나의 순결한 진공 상태에서야 인간은 비로소 자유로워지고, 피리 소리 같은 것도 들려온다.

스스로 눈을 찔러야 할 나이에 이르러서도 그러나 나는 아직 망설이
고만 있다. 무엇을 두려워하고 있는가, 라고 한밤중에 잠이 깨어 자
문한다.

완전한 사랑

— 소설의 캐릭터

가장 이상적인 사랑의 형태를 나는 '한 가열한 남녀 자아 사이의 긴장과 배려'라고 생각한다. 혹은 그 대치와 조화와 화해가 사랑이라고 할 수도 있다. 여기서 자아를 '개성'이라는 말로 바꾸어도 상관이 없다. 이건 비단 남녀 간의 사랑뿐 아니라 모든 다른 사랑의 형태에도 그대로 적용되리라 생각한다. 언뜻 긴장과 대치가 아닌 듯한 형태의 사랑도 물론 세상에는 더러 있다. 일방적으로 베풀고 경계를 넘어서고 세계와 인간을 한꺼번에 끌어안을 수 있는 하해와도 같은 그런 사랑.

모르는 아이를 위해 철로로 뛰어들고 아프리카 오지의 굶주림과 질병을 도맡아 품어 안았던 마더 테레사의 그것 같은 사랑 말이다. 이건 '자비'나 '베푼다'는 표현이 더 걸맞겠지만 그러나 이런 애정도 뿌리는 역시 그것이라 생각한다.

긴장하고 대치하지 않으면 이 세계는 파악이 되지 않는다. 가령 희멀건 캔버스를 앞에 놓고 서구인은 무엇을 가지고 어떻게 그 공백을 메울 것이냐는 문제를 제기하고 대치하면서 이 세계를 파악한다. 동양에서는 무엇으로 생각을 줄이고 어떻게 그걸 비울 것이냐는 명제로 그 긴장관계를 대신한다. 둘 다 결국은 같은 소리다. 시에서 말하는 '깨어 있는 시' '자유를 행사하는 시'라는 소리도 그 뜻과 다르지 않은 것으로 알고 있다. 그런데 그런 긴장과 대치에서 이루어지는 조화와 화해는 이상일 뿐이지 실제로 세상에서 실천되는 법이란 없다.

내가 대표작의 하나로 꼽는《유자약전》은 그런 절망에서 출발하는 소설이다. 간단한 남녀관계를 설정하고 그들이 어느 정도나 서로 긴장하고 대치할 수 있느냐를 따지고 그래서 '자아'라는 자신들 영역 밖의 세계에 대한 인식을 얼마나 확장해 갈 수 있을 것인가……. 돌이켜 보면 소설이 씌어진 몇몇 동기 중에서도 가장 중심 부분에 이 모티프가 놓여 있었던 것 같다. 아마도 1960년대 말의 그 암울한 사회적 현실과 분위기가 한몫 거들었을지 모른다.

적당한 나이의 선남선녀가 눈이 맞으면 현실에서는 저들끼리나 찧고 까불 정도로 즐거운 일이 일어나겠지만 소설에서는 그 구조상 고작 치정으로 끝나 버린다. 당연히 있어야 할 선남선녀 사이의 그 대치와 긴장관계를 실제 현실은 전혀 용납하지 않는 것이다. 그나마 밀거니 당기거니 연애 흉내를 내는 동안에는 거기서 벗어날 여지가 생긴다 하더라도 만에 하나쯤 되는 그 통풍구도 결혼이라는 제도로 여지없이 틀어막혀 있다.

천생연분이라고 할 만한 선남선녀가 필사적으로 만나 필사적으로 자신을 버티고 가누려 할 때의 그 긴장……. 그것이 연애의 출발이고 전부다. 자신을 말살해서라도 상대를 살리겠다는 의식의 충만과 고양이 적어도 사랑의 본질이라고 한다면 말이다. 이 소설 속의 여주인공 유자는 한 번 결혼했다 이혼한 경력이 있고 뱃속의 아이를 지워버린 죄과가 있고 그 때문인지 자신을 영구불임증이라 큰소리치고 위장하면서 좌충우돌을 일삼는다. 그리고 세속의 시간 속으로 되돌아가지 않으려 필사적으로 저항한다. 그러므로 그녀는 천생 석녀(石女)이고 소녀다.

'소녀'라는 말처럼 순수하고 근원적인 이미지가 어디에 또 있겠는가. 그 근원적인 이미지의 재현을 이 소설은 목표로도 하고 있지만 실제 모델이 있다. 교지 교정을 보고 있던 인쇄소에서 유자라는 이 소녀를 만났다. 고교 2학년 때였다. 아버지 심부름을 왔던 모양으로 어둑시근한 인쇄소 식자대 너머로 초등학교 4학년의 나이쯤이나 돼 보이는 그녀를 멀찍이 건너다본 것이 1분쯤이었는지 30초가 못 되었는지는 분명치가 않다.

그러고는 두 번 다시 만나지 못했는데 한 인상이 지어지고 도저히 잊어버릴 수 없는 하나의 이미지로 맺히는 것은 그보다 짧은 찰나에도 얼마든지 가능하리라 생각한다. 작은 항구도시의 거리에서 어쩌다 가끔 마주치면서 풍모만 대충 알고 있던 어느 화가분의 딸로, 폴란드 어머니와의 사이에서 난 혼혈아였다. 깡똥하게 잡아맨 머리에 동그란 눈을 하고 뺨이 홍조에 물들어 있었다. 폴란드어 발음으로는 유우나, 즉 벌판이라는 이름의 뜻이 우리말로 '유자'가 된 것이다.

그 이미지가 그대로 잠복해 있다 이 소설로 씌어진 것은 십여 년이 지나서다. 그러니까 이 소설은 무시무시하게 주위를 파괴하고 자신을 늙게 만든 그 십여 년이란 세월의 여울을 거슬러 원초적인 소녀의 이미지를 찾아가는 과정이 주제가 되어 바닥에 깔려 있다. 남자와 섹스를 이미 알아 버리고 출산의 상처로 더럽혀진 여자를 어떻게 소녀로 되돌려 놓을 수가 있겠는가. 보통 가정의 모든 남편이 자신의 아내에게 바라 마지않는 그 현모양처의 이미지란 것도 뒤집어 보면 그 희구의 근원은 거기라는 것을 나는 알고 있다. 그러나 바란다고 시간이 되돌려지는 것은 아니다. 그 방법을 찾아내려고 그동안 직접 간접으로 보고 만났던 수십 명의 여성이 주인공의 이미지 속에 한데 우겨넣어졌다.

사랑의 정점은 당연히 결합해야 할 남녀가 혼신의 힘으로 그것을 유보한 채 그 도저한 긴장과 거리를 계속 지속하는 데서야 이루어진다. 그것도 실제로 손에 잡히고 만져지는 그런 정점이 아니라 '얼핏 본 듯한 느낌'으로 끝나기 일쑤인 정점이겠지만 왜 모든 사람들이 한결같이 그 일별을 위해 일생을 회자하는지를 생각하면 짐작 가는 바가 없는 것도 아니다. 세속의 사랑에 늘 동반하는 '늙음과 죽음'의 환영이 거기에는 없는 것이다. 죽음을 넘어선다, 혹은 넘어설 수 있다는 망상은 인간을 들뜨게 만들고 괴롭히는 가장 중대한 테제의 하나다.

열 평이 채 못 되는 화실에 그렇고 그런 남녀를 세우고 지켜야 할 거리를 만들어 주었을 때 당연히 처치곤란하게 떠오른 것은 공간의 문제였다. 용암처럼 끓어오르는 남녀 사이의 흡인력이나 그 본능을 그대로 긴장을 유지시키면서 가라앉히려면 당연히 대체 공간이 필요했다. 둘이서만 좋아하면 그만인 감정을 어떻게 사랑이라 부를 수 있겠는가. 그것이 여의치 않아 바깥으로 눈이 갔을 때 우리가 새삼 깨닫게 되는 다른 세계 혹은 타인에의 각성과 배려……. 그런 논리가 당연히 사랑에는 작용한다.

소설 속의 두 남녀는 캔버스에 그림을 그린다는 행위로 그 다른 공간을 상징삼아 피력하고 있긴 하지만 누굴 사랑한다는 일의 가장 큰 수확과 미덕의 하나가 '인식의 확장'에 있다는 것은 삼척동자도 깨닫고 있는 순리다. 그렇게 두 남녀는 서로를 독점하고 상처 입히지 않으려 버티고 저항하다 결국 쓰러지고 만다. 일상적인 섹스 끝에 동반되는 죽음과 극기와 억제 뒤에 찾아오는 죽음이 전혀 차원이 다를 것이라는 상정에 무슨 근거가 있었던 것은 아니다. 다른 차원의 죽음이라면 자살의 방법을 두고 언젠가 망상에 잠겨 썼던 글귀가 있다.

아사(餓死) - 가장 기분 좋은 소멸법

죽어 가는 쥐를 사흘째 버려두고 있다. 끈끈이 판에 놓았던 멸치 미끼에 걸려들었던 것인데 석 달 새 벌써 다섯 마리째다. 처음에는 잡았다고 생각할 겨를도 없이 겁이 나 산 채 밖에 내다 버렸다. 두 번째부터는 곧바로 물에 담가 질식을 시켰지만 똥을 게워 내는 꼴을 보고 정이 다 떨어졌다. 이도 저도 지겨워 지금은 굶어 죽기만 기다리고 있는 것일지 모른다. 사람이나 동물에게나 굶어 죽는 죽음이 가장 기분 좋은 소멸법이란 소리를 들은 적이 있다.

버스의 소음도 사이렌 소리도 들리지 않는 산속으로 굶으면서 계속 걸어 들어간다. 탈진한 몸뚱이는 수풀이 깊어질수록 점점 더 몽롱해지고 점점 더 기분이 좋아진다.

더 걸을 수 없을 정도로 기운이 빠지면 무릎을 꺾고 꿇어앉아 있는 힘을 다하여 기어간다.

전신에서 수분과 영양이 깡그리 소진하는 그 순간에, 거대한 쾌락처럼 죽음이 들이닥친다.

그렇지만 생리적인 저항감은 어떻게 하는가. 쾌락이 깊으면 깊을수록 그 생리적인 저항감도 극대화될 텐데 그것을 해결할 무슨 방법이 있는가…….

사랑하던 남녀가 현실을 감당 못해 아사를 택하는 〈엘비라 마디간〉이란 영화도 있다.《유자약전》속의 유자는 일테면 시한부 인생 같은 것을 살다 죽어 간다는 설정이지만 그 정황은 보다 아사에 가깝다. 현상학적일 뿐인 이 세계가 아니라 눈에 보이지 않는

다른 세계도 엄연히 실재한다는 것을 믿고, 그림을 그린다는 행위로 그 자아의 한계 밖으로 눈을 돌리면서 영역을 확장하려 몸부림치다 쓰러져 가는 사랑의 형태가 비록 최선의 방법은 못 된다 하더라도 그런 죽음을 꿈꾸는 사람들은 의외로 주위에 많다. 적당한 직장과 적당한 취미와 도리 없는 일상적 패턴을 살면서도 내심 깊은 곳에서는 노상 그것을 꿈꾸는 도시의 모든 유자들.

착한 문학상, 나쁜 운영자

해마다 연말이 다가오는 두어 달 어간은 이른바 문학상 시즌이기도 하다. 내가 알기로도 삼십여 종에 이르는 국내 문학상들이 대체로 이 기간에 발표를 한다. 어느 해였던가 노벨상을 받게 된 일본의 경제학자가 다 늦게서야 수상 사실을 알고 당황해서 시골 학자풍의 소탈한 차림 그대로 정장이나 꿰고 스웨덴 한림원에서 어눌한 수상 연설을 하던 모습이 생각나지만, 평화상 하나밖에는 물리학상, 경제학상조차 없는 이 나라에서 문학상이라도 받아 보겠다고 자가발전에 온갖 쇼를 벌이는 후보 거론자들의 행태가 서글프다 못해 처량하다. 노벨상이 대체 뭐길래? 싶은 것이다.

1957년과 1964년에 이 문학상 지명을 받았던 카뮈와 사르트르의 태도도 당연히 생각날 수밖에 없다. 카뮈는 별 군말 없이 그것을 받아들였고 사르트르는 거부했던 걸로 알고 있다. 자세한 내막이야 모르지만, 이런 데서도 두 작가의 기질이랄까 자부심이랄까 그런 것이 연상돼 고소를 자아낸다. 열정적인 작가 카뮈와 냉철한 사르트르……

우리가 알고 있는 두 작가의 이미지는 대충 그렇다. 그런데 시쳇말로 이 세계적 문학상을 거부한 사르트르의 태도에서 오히려 속(俗)기가 더 느껴지는 것은 웬일일까. 일테면 가슴으로 세상을 받아들이기 전에 머리로 생각부터 하는 듯한 그의 삶에 대한 태도와 지적 오만의 틈바구니에서 균형을 잃고 허둥대는 자존심 같은 것까지가 함께 어렴풋이 떠오르는 것이다.

가슴으로 세상을 끌어안으려는 작가와 머리로 세상을 분석하려는 작가. 만약 그들이 수상자가 아니라 상의 선정위원이기라도 했더라면, 따라서 카뮈 쪽이 보다 공정한 투표를 하지 않았을까 싶어지는 것도 아마 그 탓일 것이다. 그리고 이런 양상은 노벨상에 따라붙는 상금이나 그런 파장 따위와는 별 상관이 없어 보인다.

대부분의 작가나 시인에게 하늘이 내리는 고마운 쌀 됫박처럼 받아들이고 말고의 차원이 있을 리 없는 우리 문학상의 경우는 또 어떤가. 상을 제정한 자원이 편파적인 신문, 잡지사에서 나왔든 보험사나 재벌의 용돈에서 나왔든 혹은 버스를 굴리는 졸부의 주머니에서 나왔든 그런 거야 별 상관이 없다. 권위나 지명도야 어떻든 공정하게 운영만 된다면 늘 찢어지게 가난한 시인과 작가들의 의욕에 그것은 똑같은 축복이나 단비에 다르지 않다. 신문사에서 제정한 문학상에 곧잘 뉴스나 선정적인 속성이 배어들고 이념권에서 제정된 상이 늘 이념권 작가나 시인에게 돌아가고, 호남 재벌이 제정한 상에 '호남 문학상'이란 별칭이 붙는다 해도 그런 현상은 일종 성격적 특성으로 애교스럽게 봐줄 수도 있다.

그러나 상을 주관하는 업체가 횡포하고 독선적이어서 사흘들이 직원들을 내쫓고 문학에 대한 이해나 소양조차 올바르지 못해 시류 따라 팔리는 작가들이나 지명해 수상 후보에 올리고 그렇게 엄벙덤벙 만든 담합 상이 상업성 작품집으로 출간되고 과도 사회의 난장판답게 곧잘 베스트셀러에 올라 20만, 30만 부씩이나 팔리는 경우가 생긴다면 어떻게 되는가.

뭐 어떻게 되고 말고 할 것도 없다. 누더기처럼 남루해져 조만간 이런 상은 행인들의 발길에나 채일 신세가 될 것은 불을 보듯 뻔하다. 무슨 상이고 훈장이든 간에 이 나라에서 그걸 받는 처지란 일테면 스트리퍼로 나선 여인이 처음으로 무대에 나서는 경험 못지않게 한편으로는 사실 몹시 쪽팔리는 기분이 들 거라는 생각도 든다.

1970년대 촌가 나 역시 어느 문학잡지에서 주는 상을 거절해 말썽을 일으킨 적이 있다. '개도 안 쳐다보는 문협'이란 소리를 어디엔가도 씨부렸지만, 그 문협 이사장 자리를 놓고 주관 잡지 데스크가 한 표라도 보태라고 고교 은사까지 대동해 과일 꾸러미를 들이밀면서 이 전투구에 나선 꼴에 속이 뒤집히고 자존심이 상했던 것이다. 편집장은 또 내가 좋아해 마지않던 분이라 호된 질책을 당하고 마음을 돌려먹었다가 수상 소감이 도저히 써지지가 않아 도리가 없었다. '반공 문학상'을 받았대서 창창한 대하 장편이 평가절하당하는 경우도 있고, 최근에는 또《능라도에서 생긴 일》운운하는 나의 불온하기 짝이 없는 소설을 두고 보수 꼴통이라고 착각했는지 모 좌파 신문의 문학 담당 기자로부터 '경로 우대상' 운운하는 소리를 들은 적도 있다. 그리고 정작 더 얄밉고 한심한 것은 악명 높은 그런 자원의 성분이나 출처보다, 같은 선비라 자처하면서도 의뢰를 받기만 하면 무슨 영예라도 되는 듯이 청탁을 가리지 않고 필사적으로 거기 매달려 물주의 입김에 놀아나면서 파행을 저지르는 그 심사위원들일 것이다.

사람의 얼굴, 소설의 얼굴

소설로 묘사할 때는 바로 코앞에 마주 선 듯이 그렇게 분명해 보이던 사람의 얼굴이 생각나지 않는다. 이 무슨 변고랴 싶어도 벌써 십여 년 전부터 그런 치매 증세(?)가 조금씩 드러나기 시작한 것이 아닌가 싶다. 몇 번이나 만났던 사람을 못 알아보는 정도는 약과이고, 바로 엊그제 헤어진 사람의 이름이 얼른 떠오르지 않아 뻥하니 쳐다보고 있기가 일쑤다. 이름이나 얼굴이나 그게 그거라지만, 둘 다 함께 생각나지 않을 때는 그래도 견디기가 훨씬 수월하다. 어제 만났었는데 이 양반 이름이 뭐였더라? 싶을 때나, 이름은 고사하고 어디서 봤더라 저 사람? 하고 고개를 꼬게 될 때는, 소리라도 지르고 싶을 만치 답답하다. 현관 앞에서 진짜 공룡을 맞닥뜨렸다고 해도 이처럼 황당하지는 않을 것이다.

눈여겨 두었던 트럭 뒤에서 몰래 일을 보다가 차가 발진해 버리는 경우에 '황당'이라는 말을 쓴다는 우스갯소리도 있지만, 이런 경우의 어이없음은 그렇게 드러나 버린 엉덩이 정도가 아닐 것이다. 왜 날

못 알아보느냐고 시비를 당하고 손가락질을 받는대도 실상 할 말이 있을 수 없다.

 문학과지성사에서 나오는 시집 시리즈에 시인 김영태와 함께 몇 년째 캐리커처를 그리면서 가끔 또 비슷한 곤혹을 겪었다. 그렇게 얼굴을 그려 받은 시인은 그처럼 절묘하게 제 이미지를 선으로 뽑아내 주었으니 으레 이쪽이 자신을 훤히 꿰고 있으리라 여기고, 십년지기처럼 다가오는 것이다. 물론 시인의 영혼이라면 잘 알고 있다. 그것은 천지창조 바로 다음 것이라 해도 억울해할 어떤 절대적인 것이긴 하다. 하지만 한 번도 만난 적이 없는 현실을 어쩌랴. 손까지 내밀고 활짝 웃는 사람 앞에서 노형 누구요? 할 수도 없어 이럴 때는 엉겁결에 마주 활짝 웃을 수밖에는 도리가 없다. 내 시 어때요? 하는 질문까지 나올까 조마조마하면서.

시는 고사하고 그 얼굴이란 것도 서로 마주 보며 데생을 한 것이 아니다. 스냅사진 여러 장을 함께 달래서 막연한 이미지를 함께 조합해 그리는 것이다. 그럴 수밖에 없는 여건 때문이라고는 해도, 정말은 몇 년씩을 뒹굴면서 바닥까지 서로 속속들이 꿰고 있어야 제대로 된 캐리커처 한 장이나마 나오리라 생각한다. 요즘 같은 세상에 누가 그런 짓을 하고 또 누가 그 비용을 대겠는가.

그래도 몇 번쯤 만난 시인은 어쩌다 그럴듯하게 이미지가 뽑혀 나올 때도 있지만 생면부지의 시인들은 자신의 진짜 얼굴과는 너무 동떨어진 그 모습에 혀를 차는 일이 아마 부지기수일 것이다. 스냅사진이 도달할 수 있는 깊이의 한계라든가 표피적일 수밖에 없는 사진이란 것의 속성을 운운해 봤자 변명이 되지 않는다. 요는 일거에 사물을 꿰뚫지 못하는 이쪽의 역부족이 빚는 착오다. 보내 온 시집을 들추다가 마음에 스며드는 구절이라도 튀어나오면 그제야 시인을 잘못 파악한 오류를 부랴부랴 깨닫고 표지의 그 얼굴을 다시 눈여겨보게 되지만, 이미 때가 늦다.

경험을 해보니까 사람의 얼굴은 한 삼십여 년쯤이 지나서야 비로소 상대적인 선들이 모여들면서 제대로 윤곽이 잡히는 것도 같다. 부모도 친구도 여자의 얼굴도 그 패턴에서 그닥 벗어나지 않는다. 하긴 그 윤곽이란 것도 순전히 어떤 인상에 그치는 것인지는 모르겠지만. 술 마시고 어울려 싸돌아다니던 무렵에는 그저 왈가닥 정도로만 여기던 친구가 있다. 문학에 주로 관심을 가졌던 동아리라고는 해도 대여섯 명이나 되던 그 또래들이 나이를 먹으면서도 모두 그런 방면의

도사가 됐던 것은 아니다. 무드 잘 잡고 연애질 잘하던 한 친구는 그 후 무슨 제약회사 사장 부인이 되었고, 일련번호까지 매기며 알뜰히 책을 모으던 한 친구는 신학대학장 부인이 됐다. 또 다른 한 친구는 독재정권의 무슨 고관대작과 전격 결혼을 하더니 금방 이혼을 하고 지금은 지방 도시의 어느 유수한 음식점 주인이 되어 있다. 10 · 26 사태 때 그 고관대작이 당한 변고는 세상이 다 아는 바 그대로다. 그 중의 하나가 요행히 시인이 되긴 했지만, 발에 채이는 것이 시인이라고 중도에서 지쳐 버렸는지 요즘은 작품이 거의 보이지 않는다.

누구는 저택 같은 집을 새로 장만하고 누구는 아이들을 모조리 줄리어드로 유학을 보냈다든가, 아무개는 중풍을 맞고 쓰러졌다 일어나 간신히 기동을 한다든가 하는 소문 같은 것이 들릴 때마다 그리운 그 얼굴들이 새삼 떠오르긴 해도, 이쪽 내심 깊은 곳에서 정말로 그리고 싶어 했던 그런 초상이 아니었음은 물론이다. 사람의 삶이나 그 행로의 짐작할 수 없는 질서나 그런 무상감 같은 것이 잠깐 회한처럼 마음에 머물다 사라졌을 뿐이다.

예의 그 왈가닥 친구는 어땠는가 하면, 다른 친구들이 안락한 가정, 콧대 세울 만한 남편 고르기 쪽으로 대개 신경이 가 있을 때 무슨 인연이 닿았는지 뚱딴지같게도 해외로 일찌감치 이주를 해갔다. 어쩌다 십여 년 만에 한 번씩 다니러 와, 거기서 평범한 남자와 결혼을 하고 다 큰 아이들도 있다는 근황을 들려줄 때도 그저 그런가 보다 정도로만 여겼었다. 아이들이 장차 뭐가 되기를 바라느냐고 물었더니 '빵가게 주인'이라고 시원스러운 대답을 했다.

"내가 바라는 것이 아니고요, 아이가 철이 들고서도 계속 빵을 굽고 싶어 해요. 그거라면 자신 있다는 거죠. 그럼 됐지 뭐."

둥글둥글한 표정에 커다란 몸집으로, 지나가는 남학생 등짝에다 방약무인하게 아이스크림을 철썩철썩 메다붙이는 식의 장난을 일삼던 친구라 과연 그녀답다고 생각했다. 이 나라에서였다면 고작 빵이나 구울 작정이냐고 그 아이는 벌써 불호령을 맞고 어깻죽지깨나 쥐어박혔을지도 모른다. 아마도 일찌감치 우물 안 개구리를 벗어난 그녀의 개안(開眼)이 이런 툭 트이고 심상한 마음의 도량에까지 드디어 이르렀던 것으로 보인다.

소싯적에는 때로 하숙방에 놀러와 매트리스 위에 비스듬히 몸을 눕힌 채 내 파이프를 집어다 뻐끔뻐끔 담배 피는 흉내를 내면서 은근히 유혹하는 눈길까지 서슴지 않던 친구를 나는 무연히 건너다보았다. 이 얼굴이었군 싶어도, 그 윤곽이 내가 찾고 있던 것이라고 확신이 섰던 것은 아니다. 하지만 백 년도 채우지 못하는 인생이 겨우 몇몇 얼굴이나 마음에 지니다 스러져 가는 것이 사실이라면, 그 하고많은 친구들 중에서 왜 일찌감치 이 얼굴을 못 알아보았던 것일까.

"생각나? 가끔 날 꼬시려 했던 거……." 아무 말이나 할 수 있는 나이라 치부하고 넌지시 이렇게 떠보았더니, "같이 살자고 엽서 보낸 게 누군데?"라며 펄쩍 뛴다.

금시초문이었다. 아무리 철없을 때 일이고 건망증이 장기라고는 하지만 그처럼 중대한 소리를 적어 보냈었다면 그 기억이 없을 리가 없다. 몇 장쯤 주거니 받거니 한 엽서의 겉멋 든 구절을 그녀가 잘못 해독했거나 아니면 농담삼아 방금 지어낸 말이거나 그것도 아니면 순전히 놀려먹으려 뻥을 친다고 생각했다. 가령 아닌 말로 두 사람이 천애고아의 처지가 되어 시험삼아 같이 살아 본다고 한들, 지금 이 나이에 누가 누구의 키를 재며 누가 누구를 업어 줄 수가 있겠는가. 그런데 그녀마저 그새 한 차례 쓰러졌다 일어났다는 풍문까지 어디선가 듣고 있었는데, 근자에 또 느닷없이 다니러 나왔다가 같이 저녁을 먹는 자리에서 어딘지 수척해진 얼굴로 뜻밖의 소리를 했다. 소설을 쓰겠다는 것이다. 예의 독특한 그녀의 어법으로는 '어쩌면 쓸지도 모른다' 정도였지만, 아닌 밤에 홍두깨라고 청천벽력 같은 소리였다. 예순이 오늘 내일 하는 그 나이가 얼핏 생각나서가 아니다. 이노우에 야스시 같은 일본 작가는 마흔 넘어 쓰기 시작해서 장편만도 80여 권을 남겼고, 이쪽에는 또 박완서나 최문희 같은 작가도 있다. 20대 초에 대학신문 같은 데서나 어쩌다 잠깐 드날리던 그녀의 문재(文才)가 새삼 믿기지 않아서도 아니다. 어안이 벙벙해진 것은, 마치 그 한 마디를 꺼내기 위해 일생을 허비하고 기다려 온 것 같은 어조의 절실함 때문이다. 이건 내 착각이었을까. 나지막하게 웅얼거리듯 새나온 그 어감에 뒤통수를 강타당한 듯해서 나는 멍청히 앉아 있었다.

카뮈의 《페스트》에도 그렇게 다 늦게 문장 공부를 열심히 반복하는 인물이 나오지만, 그동안 써온 어쭙잖은 소설에 등장시킨 여성 캐릭터들 중에 이 비슷한 유형이 있었던가 싶어 나는 골똘한 심사가 됐다. 이런 대사를 이만큼 실감 나게 읊조리는 주인공이 혹시 있었는가. 없었다. 거기 나오는 여주인공들은 으레 제 모습과 성격을 부여받고 있었지만, 그 제각각의 개성적인 하나의 얼굴이란 것도 실은 수많은 얼굴의 복합체다. 직접 간접으로건 이쪽과 조금이라도 안면이 있는 여성들을 열 명 혹은 스무 명씩 한데 짬뽕을 시켜야 비로소 가면 같은 하나의 표정이나마 만들어 낼 수가 있었던 것이다. 다른 작가들은 어떤지 몰라도 어쨌든 이쪽은 그랬다. 도저히 가망 없는 일을 이제서야 시작하겠다는 그녀가 소설 속에서 방금 튀어나온 인물처럼 여겨지고, 그 언질이 그처럼 충격을 준 것도 그 때문이었을지 모른다. 그녀가 과연 해낼 수 있을까 없을까의 문제가 아니었다. 실제니 소설이니 하고 구태여 구분하지 않아도 되는 하나의 얼굴이 바로 코앞에 있었던 것이다. 도대체 무슨 갈증이 그녀로 하여금 그 나이에 소설을 쓰고 싶게 하는가.

막막하고 불가사의했다. 그저 막막하고 불가사의했을 따름이다.

이제하 그림 산문집

모란, 동백

초판 1쇄 인쇄 | 2014년 11월 30일
초판 1쇄 발행 | 2014년 12월 5일

지은이 | 이제하
발행인 | 김우진

발행처 | 이야기가있는집
등록 | 2014년 2월 13일 · 제 2014-000062호
주소 | 서울시 마포구 월드컵북로 375, 2306(DMC 이안오피스텔 1단지 2306호)
전화 | 02-6215-1245
팩스 | 02-6215-1246
전자우편 | editor@thestoryhouse.kr

ⓒ 이제하, 2014

ISBN 979-11-952471-5-8 (03810)

- 이야기가있는집은 (주)더스토리하우스의 문학출판브랜드입니다.
- 이 책 내용의 전부 또는 일부를 재사용하려면 반드시 양측의 동의를 받아야 합니다.
- 책값은 뒤표지에 있습니다.